누군가가 누군가를 부르면
내가 돌아보았다

누군가가 누군가를 부르면
내가 돌아보았다

신용목 시집

창비

차
례

후라시

동그라미는 왼쪽으로 태어납니까
오른쪽으로 태어납니까

왼쪽으로 태어난 동그라미의 고향은 오른쪽입니까 어
디서부터
오른쪽은 시작됩니까

동그라미를 그리는 자는 동그라미의 부모입니까 내가
그린 동그라미는 몇개입니까

나는 그들에게 죄인입니까

왼쪽으로 걸어갔는데 왜 오른쪽에 도착합니까
왜 자꾸 동그라미를 그립니까
동그랗습니까

동그랗습니까

어둠을 뒤쫓던 후라시 불빛이 내 얼굴에 쏟아졌을 때

나는 유일한 동그라미 안에 갇혀 있었다

동그라미 안에만 비가 내리고

우리는 언제나 우리가 가진 가장 소중한 것을 착취당하지
너는 혼자였고 나는 가난했어
무엇보다도 우린 젊어서

온통 늙어가지

그러나 어둠은 한번도 잡히지 않았다 후라시를 켤 때마
다 보란 듯이 불빛 그 바깥에 가 있었네

동그라미 안에만 비가 내리고

나는 간신히 외치기 시작했어
비 내리는 밤이 있다는 것은 아직 우리의 슬픔이 젊기 때문
이다

다음 날부터
태양은 구정물 통에 담긴 접시처럼 유일한 하늘에 떠 있었다

다음 날부터
나는 깨뜨릴 수 있는 동그라미와 깨뜨릴 수 없는 동그라미에 대해 생각했지만
우리가 만났던 밤은 아직 젊었고

어떤 비도 슬픔을 씻기진 못하고

너는 혼자였고 나는 가난했지

동그라미 안으로 쓰윽 들어온 손이 내 턱을 추켜올렸을 때
내 얼굴은 이미 깨져 있었다

밤

검은 사내가 내 목을 잘라 보자기에 담아 간다 낡은 보
자기 곳곳에 구멍이 나 있다

나는 구멍으로 먼 마을의 불빛을 내려다보았다

어느날 연인들이 마을에 떨어진 보자기를 주워 구멍으
로 검은 사내를 올려다보았다

꼭 한발씩 내 머리를 나눠 딛고서

가을과 슬픔과 새
All the faint signs

슬픔이 새였다는 사실을 바람이 알려주고 가면, 가을
새들은 모두 죽었다,
사실은 흙 속을 날아가는 것
태양이라는 페인트공은 손을 놓았네
그 환한 붓을 눕혀
빈 나뭇가지나 건드리는데,
그때에는 마냥 가을이라는 말과 슬픔이라는 말이 꼭 같
은 말처럼 들려서
새들이 낙엽처럼 우수수 떨어지네
사실은⋯⋯ 이라고
다른 이유를 대고 싶지만,
낙엽이 새였다는 사실을 바람이 알려주고 가는 가을이
라서
날아오르는 것과 떨어져내리는 것이 꼭 같은 모습으로
보여서, 슬픔에도 빨간 페인트가 튀는데
나뭇가지라는, 생각에 붓을 기대놓고
페인트공은 잠시 바라보네

그러고도 한참을 나는 다리 위에 앉아 있다 이 무렵, 다리를 건너는 것은 박쥐들뿐……

　단풍의 잎들은 어둠속으로 떨어지고 단풍의 빛깔은 태양 속으로 빨려든다,

　마치 태양에 환풍기를 달아놓은 것처럼

　나는 지키고 있다, 나의 몸으로부터

　붉은빛이 빠져나와 태양 속으로 빨려들어가는 것을,

　나의 몸이 어둠속으로 떨어지는 것과 함께

　그래서 박쥐들은 검구나, 슬픔과 몸이 하나일 수 있다는 것

　모든 퍼포먼스가 끝나고 빨간 페인트통 뚜껑을 닫고 태양마저 사라지면

　나는 혼자서 터덜터덜 다리를 건너며, *오늘도 잠이 오지 않으면 무엇을 세어야 하나, 하나부터*……

　생각하다가, 하늘을 뒤덮은 박쥐떼를 보며 문자를 보낸다

　여기는새들이참많습니다가을만큼많아요

목소리가 사라진 노래를 부르고 싶었지

목소리처럼 사라지고 싶었지 공중에도 골짜기가 있어서, 눈이 내리고 아무도 모르는 곳으로 가서 하얗게 사라지고 싶었지

눈은 쌓여서

한 나흘쯤,

그리고 흘러간다 목소리처럼, 그곳에도 공터가 있어서 털모자를 쓰고 꼭 한사람이 지날 만큼 비질을 하겠지 하얗게 목소리가 쌓이면, 마주 오면 겨우 비켜서며 웃어 보일 수 있을 만큼 쓸고

서로 목소리를 뭉쳐 던지며 차가워, 아파도 좋겠다 목소리를 굴려 사람을 만들면,

그는 따뜻할까 차가울까

그러나 사라지겠지 목소리 사이를 걷는다고 믿을 때 이미 목소리는 없고, 서로 비켜서고 있다고 믿을 때 빙긋, 웃어 보인다고 믿을 때 모자에서 속절없이 빠져버린 털처럼 아득히 흩날리며 비질이 공중을 쓸고 간다 목소리를 굴려 만든 사람이 있다고 믿을 때……

주저앉고 말겠지 두리번거리며

눈사람처럼

제발 울지는 말자, 네 눈물이 시간을 흘러가게 만든다
두갈래로 만든다

　뺨으로 만든다

　네 말이 차가워서 아팠던 날이 좋았네

　봄이 오고

　목소리처럼, 사라지고 싶었지 계절의 골짜기마다 따뜻
한 노래는 있고,

　노래가 노래하는 사람을 지우려고 하얗게 태우는 목소
리처럼,

　한 나흘쯤 머물다

　고요로부터 고요에까지 공중의 텅 빈 골짜기를 잠깐 날
리던 눈발처럼 아침 공터에서 먼저 녹은 자신의 몸속으로
서서히 익사하는 눈사람처럼

　아무도 모르는 곳으로 흘러가고 싶었지

　그러나 그건 참 멀다, 고개 들면 당인리발전소 커다란
굴뚝 위로 솟아올라 그대로 멈춰버린 수증기처럼 목소리
가 사라진 노래처럼

모래시계

잤던 잠을 또 잤다.

모래처럼 하얗게 쏟아지는 잠이었다.

누구의 이름이든
부르면,
그가 나타날 것 같은 모래밭이었다. 잠은 어떻게 그 많
은 모래를 다 옮겨왔을까?

멀리서부터 모래를 털며 걸어오는 사람을 보았다.
모래로 부서지는 이름을 보았다.
가까워지면,

누가 누군지 알 수 없었다.

누군가의 해변이 끝없이 펼쳐져 있었다.
잤던 잠을 또 잤다.

꿨던 꿈을 또 꾸며 파도 소리를 듣고 있었다. 파도는 언

제부터 내 몸의 모래를 다 가져갔을까?

누군가가 누군가를 부르면,

내가 돌아보았다.

누군가가 누군가를 부르지 않아도
나는 돌아보았다.

그리고 날들
Bitter Moon

세상의 모든 외로움이 밥을 먹을 시간이다,
백반집 앞에
빨간 오토바이가 받쳐 있고
여섯시 반에 아이들을 내려놓고 가는 노란 버스
일곱시면 경종 소리가 들리지
밥을 삼키면,
나는 입을 가졌구나 부드러운 목을 가졌구나 따뜻한 배를
가졌구나
알게 된다
일곱시면 철길 앞에 내려오는 차단막, 그 너머로 아이들
이 들고 뛰는 삼색 리본 같은 것들이 휘날린다

비 오는 밤 외진 골목처럼 형광등 뜬 미역국에 얼굴을
비쳐봤을 뿐인데
미안하다, 마음이 돌아오지 않아 나갈 수가 없다
그냥 밥을 먹으며
나는 입을 가졌고 목은 부드러우며 배는 따뜻하다
이렇게 생각한다
일생을 두고 가장 힘든 일을 떠올리듯이

일곱시가 되기를 기다려, 차단막 너머 삼색 리본의 긴 휘날림 속으로 빨려들듯이

　그리고 아무 일도 없을 것이다 지나가는 기차를 바로 앞에서 바라볼 때처럼
　칸칸이 환한 창의 얼굴들을 모두 놓치고
　경종 소리를 내며
　아이들의 거리에서 일곱시가 사라지고,
　빨강 노랑 파랑
　괜히 세가지 색깔을 대보듯
　나의 입과 나의 목과 나의 배에 대해
　*나의 입과 나의 목과 나의 배……*라고 중얼거리며 미안하다, 나는 밥을 먹는다

우리 모두의 마술

　그런 풍경은 보이지 않는 풍경을 보여주는 풍경이라고 말할 수 있다.
　삼성역을 나왔을 때
　유리창은 계란 칸처럼 꼭 한알씩 태양을 담았다가 해가 지면 가로등 아래 깨뜨린다.

　그들이 스스로 높이를 메워버린 후 인간은 겨우 추락하지 않고 걷게 되었다고 말할 수 있다.
　잃어버린 날개 때문에 지하철을 만들었다고……
　삼성역 4번 출구 뒷골목을 걷다가 노란 가로등 아래를 지나며 울게 되었다고 말할 수 있다.
　눈을 감으면,
　유리창에 비친 뺨을 벽에다 갈며 지하철이 지나간다. 땅속의 터널처럼, 밤이 보이지 않는 뒷골목이라면 가로등은 끝나지 않는 창문이라고……

　냉장고 문을 닫아도 불이 켜져 있어서 환하게 얼어 있는 얼굴이 보이는 것이라고 말할 수 있다.

그리고 이런 마술은 아직 초연되지 않은 마술을 재연하는 마술이라고 말할 수 있다.

삼성역을 지나갈 때

이쪽 빌딩에 나타났던 택시가 사라졌다가 저쪽 빌딩에 나타나는 것을 보면, 나는 언제든 사라질 수도 나타날 수도 있을 것 같다.

이렇게 달려가면서,

아무 데서도 보이지 않을 수 있을 것 같다. 우회전을 하면 다리를 건너는데……

백미러 속에서 누군가 달려오고 있었다.

깨진 유리 속이면 사람은 한명으로도 군중을 만든다. 인간은 끝나지 않는다.

공동체

내가 죽은 자의 이름을 써도 되겠습니까? 그가 죽었으니
내가 그의 이름을 가져도 되겠습니까? 오늘 또 하나의
이름을 얻었으니
나의 이름은 갈수록 늘어나서, 머잖아 죽음의 장부를 다
가지고

나는 천국과 지옥으로 불릴 수도 있겠습니까?

저기
공원에서 비를 맞는 여자의 입술에서 그의 이름이 지워
지면, 기도도 길을 잃고
바닥에서 씻기는 꽃잎처럼 그러나 당신의 구두에 붙어
몇발짝을 옮겨가고……

나는 떨어지는 모든 꽃잎에게 대답하겠습니다.

마침내 죽음의 수집가,
슬픔이
젖은 마을을 다 돌고도 주인을 찾지 못해 나에게 와 잠

을 청하면,

　찬물이 담긴 주전자와

　마른 수건 하나,

　나는 삐걱거리는 몸의 계단을 밟고 올라가는 목소리로
물을 수 있습니다.

　더 필요한 게 있습니까?

　그러나 아무것도 묻지 않을 것이다.

　달라고 할까봐.

　꽃 핀 정원에 울려퍼지다 그대로 멈춰버린 합창처럼, 현
관의 검은 우산에서

　어깨에서…… 빗물처럼

　뚝뚝,

　낮은 처마와 창문과 내미는 손

　위에서

　망각의 맥을 짚으며

또,

보고 싶다고…… 보고 싶다고……

울까봐.

그러면 나는 멀리 불 꺼진 시간을 가리켜 그의 이름을
등불처럼 건네주고,

텅 빈 장부 속에

혼자 남을까봐. 주인 몰래 내어준 빈방에 물 내리는 소
리처럼 떠 있는

구름이라는 물의 영혼, 내 몸속에서 자라는 천둥과 번개
를 사실로 만들며

네 이름을 훔치기 위해

아무래도 죽음은 나에게 눈을 심었나보다, 네 이름을 가
져간 돌이 비를 맞는다.

귀를 달았나보다, 돌 위에서 네 이름을 읽는 비처럼,

내가

천국과 지옥을 섞으며 젖어도 되겠습니까?

저기

공원을 떠나는 여자의 붉은 입술처럼, 죽음을 두드리는 모든 꽃잎이 나에게 기도를 전하는……

여기서도

인생이 가능하다면, 오직 부르는 순간에 비가 그치고 무지개가 뜨는 것처럼

사랑이 가능하다면,

죽은 자에게 나의 이름을 주어도 되겠습니까? 그가 죽었으니 그를 내 이름으로 불러도 되겠습니까?

절반만 말해진 거짓

이제 놀라지 않는다
새가 실수로 하늘의 푸른 살을 찢고 들어간다 해도

그것은 나무들의 짓이라고
오래전 내가 청춘의 주인인 슬픔에게 빌린 손으로 연못
에 돌을 던졌던 것처럼
공원 새들을 모조리 내던지는
나무들,
서서 잠든 물의 무덤들

저녁의 시체들
가을이 새의 울음을 짜내 신의 예언을 죄다 붉게 칠했으
므로

이제 집으로 돌아가자
그날, 마지막으로 던졌던 반지의 금빛 테를 가진 달빛조
차도
손목을 그은 청춘의 얼굴로 늙어가니
집으로 돌아가

최대한 따뜻한 밥을 하고 뭇국을 끓여 상을 차리고
마음을 지우고 나면,
남는 자신을 앉히고

눈에서부터
긴 눈물의 심을 빼내기라도 한다면 구겨진 옷가지처럼
풀썩 쓰러질 자신을 향해
밥그릇 속에서 달그락거리는 수저 소리로,
걸어가거나

형광등 빛을 펴 감싸주며

아니면, 집으로 돌아가
온몸 뜨거운 물에 흠씬 적신 뒤 뿌옇게 김 서린 거울을
훔치며 이렇게 말하는 것이다
나는 네 몸이 아프다
네가 내 몸을 앓듯이
그러니까
누구도 대신할 수 없는 위로가 있어서

물끄러미 나라고 이름 붙인 장소에서 가여운 새들을 울음 속으로 날려보내며
　중얼거린다
　절반만 거짓을 믿으면
　절반은 진실이 된다고,
　어쩌면 신은 우연을 즐기는 내기꾼 같아서 하나의 운명에 보색을 섞어 빙빙 돌린다
　그러나

　여름을 윙윙거리던 공원의 벌들도 열매가 꽃의 절반을 샀다고 믿지 않는다
　꽃이 열매의 절반을 가졌다고도
　믿지 않지
　다만 우리가 별들의 회오리 속에서 청춘을 복채로 들었던,
　모든 예언은 절반만 말해졌다는 것

　그리고 그 나머지를 실현하기 위하여 삶이 아프다는 것

이제 놀라지 않는다

모든 나무가 지구라는 둥근 과녁을 향해 날아든 신의 화
살이었다 해도

우리가 과녁의 뚫린 구멍이라 해도,

뽑힌 나무라 해도

나무는 자신의 절반을 땅속에

묻고 있으므로,

내가 거울 속으로 손을 집어넣어 자신의 목을 조르는 밤
을 견디는 것처럼

진흙 반죽 속에서 조금씩 내가 되어 걸어
나오는 진흙 인간처럼

사랑은 내가 꾸는 꿈이 나를 찾아 헤매는 순간이어서 번
번이 아침은 실패한 꿈을 물컹한 몸으로 바꿔놓는다.

숨겨둔 말

신은 비에 빗소리를 꿰매느라 여름의 더위를 다 써버렸다. 실수로 떨어진 빗방울 하나를 구하기 위하여 안개가 바닥을 어슬렁거리는 아침이었다.

비가 새는 지붕이 있다면, 물은 마모된 돌일지도 모른다.

그 돌에게 나는 발자국 소리를 들려주었다.

어느날 하구에서 빗방울 하나를 주워들었다. 아무도 내 발자국 소리를 꺼내가지 않았다.

게으른 시체

화살이 날아가 꽂혔을 때 비로소 정확히 보이는 과녁,
아름다운 회오리
그러나 한번 화살이 꽂히고 나면 과녁은 제 이름을 벗어
날 수 없지, 그때

칼날이 손목을 긋고 갔을 때, 비로소 등장하는 죽음처럼

이곳은 바다야
넓고 푸르고 평화롭지,
미늘에 꿰어지기 전까진 누구도 그 속에 저렇게 슬픈 표
정을 가진 짐승이 헤엄치고 있다는 걸 모르지
물고기는,
바다의 동맥처럼

믿기지 않겠지만

불가해한 사건만이 분명한 손가락으로 가리킬 수 있
다──유리컵의 깨진 금들과 쏟아진
물의 얼룩

혹은 잘린 나무의 나이테거나 편지의 찢긴 조각
그리고 불 탄 재의 빛깔,
날카롭게 휘어지던 오토바이가 맹렬하게 달리던 택시
와 부딪쳤을 때, 뜨거운 아스팔트
교차로에 생겨나는 붉은 피의 오아시스를,
십자가처럼

정확하게는, 육체 속에 숨어 있던 시체를

그 모든 게 시체였다니!

나도 그때 처음 알았습니다 2008년 7월 11일 대학병원
전화를 받고 달려갔을 때,
아버지가 시체였다니
어머니는 젊은 의사의 꼬질꼬질한 가운을 붙잡고 고함
을 쳤습니다, 왜 육체가 시체가 되었냐고
왜 시체는 육체가 못 되냐고, 형들이 흘리던 눈물이
빨간색을 뺀 피였다니
그때 나는 나의 육체를 고향으로 가는 영구차 뒤칸에 앉

힌 채 친구에게 문자를 보냈지요
　아버지는, 내가 처음 본 시체다

　이제부턴 미늘에 걸려 찢긴 물고기의 입으로 말할 수
밖에

　아니 화살이 꽂힌 과녁의 구멍으로,
　사실은 말이야
　죽음은 사건이 아니라 연금술일지도 몰라,
　나는 유리컵 속에 숨은 아름다운 금들을 본 적도 나무가
가진 신비로운 나이테를 본 적도 없거든,
　그것들이 깨지거나 잘리기 전에는 말이야
　그런데 말이야,
　눈물에 빨간 물감을 섞어 시체에게 수혈하면, 피 대신
눈물이 도는 육체가 된다
　물론, 이해할 필요는 없다

　그것이 무엇이든 일단 이 세계에 들어오면

이해되었다고 간주하니까

가령 이런 식이다, 우리는 음악을 이해한다
그렇다면
악기는 무기가 아닌가 ── 허공에 숨어 있는 고요를 쏘아
음악을 떨어뜨리는 총
살해된 고요 앞에 우는 가수여,
너마저 흉기가 아닌가
망각을 갈라 슬픔을 꺼내놓는,

그 칼의 진짜 이름은 절망인데

피 대신 눈물이 도는 육체인데

도무지 기억나지 않습니다 1987년 3월 2일 중학교 입학
식장에서 처음 보았던
그애 이름,
겨울이 제 심장을 먹인 봄꽃과 봄이 제 허파를 바친 바
람 속에서

밤새 편지를 쓰고
며칠 뒤,
뜯지도 않은 채 되돌아온 편지를 찢어 나는 내 기억의
가장 아름다운 노을 속에서 불살랐지요

나는 명중하지 못했습니다, 그래서

나에게 그애는 여전히 회오리라고

물론, 이해할 필요는 없습니다
그후부턴 단 한문장도 누군가를 위해 써본 적 없으니까
내가 문장을 바친 사람들은 그 화살이 뚫지 못할 과녁들
이니까, 죽음을 잃은 시체처럼
내 문장 속엔 묘지가 없으니까

그저 미늘에 걸려 입이 찢긴 물고기의 입장에서 말한다

이곳은 생이야
넓고 푸르고 평화롭지,

시청 앞에서도 서울역 광장에서도 여전히 불타는 용산
이나 부서지는 강정에서도
모스끄바와 베를린과 여기 멜버른에서도
인생은 고요했지,
아무것도 쏘지 않았고 아무것도 찌르지 않았지 아무것
도, 깨거나 자르거나 구기거나 태우지
못했다는 것,
게으른 죽음처럼

나는 돌아가지 않을 것이다
그러므로,
베이지색 팔걸이가 있는 소파와 저녁만 되면 쉽게 열리
던 현관문과 별들이 부리를 쪼아대던 창문이 있는 집으로
그러므로,
시메사바에 사께를 시켜놓고 밤새 웃고 떠들며 취해선
비 오는 거리를 말없이 바라보던 집 앞 뒷골목 임가주방
으로

더는 눈물 속을 헤엄칠 수 없는 물고기로서

희미한 등을 켠 오피스텔에서,

방부제처럼 순결한 손가락으로 번역본 페이지를 숭고
하게 넘기는 윤리학자로서,

논리와 분석만이

피와 땀과 살이 뒤엉킨 삶을 갈라낼 수 있다고 믿는 진
리의 신앙생활 속으로,

그 시체 없는 비문 속으로

희미한 등을 켠 이자까야에서

빤한 삼차원의 골목도 인텔리답게 이차원의 지도를 확
인해야 걸어갈 수 있는,

사회학자로서

타인의 상처를 제조해 자신을 치유하고 세상을 연민하
는 연대의 화학작용 속으로

그리고 바다에 빨간 물감을 타는 시간이 온다

태양의 아름다운 회오리가 시간의 화살에 꽂혀 문득 과

녘으로 멈추는 순간과 바닥으로 떨어지고 있는
　유리컵의 영원
　혹은 톱날을 삼키는 나무의 휘청임,
　구겨지는 종이의 비명과 하얀 재로 남는 연기의 문장들,

　택시 위로 날아오른 오토바이의 허공 ── 죽음이 분명한
손가락으로 가리키는 이곳으로부터

　나는 돌아가지 못할 것이다

　희미한 집어등에 걸린 활자들이 욕망의 해변에 치욕의
모래를 나르는,
　그 썩지 않는 시간 속으로 ── 아무것도 살해할 수 없었던
　그때로
　나는 돌아가지 않을 것이다
　다만 지금은, 아직도 죽지 않고 그저 죽어가는 물고기의
육체로
　언제쯤 끝이 날까
　언젠간 끝나겠지, 게으른 시체처럼

잔뜩 반품된 기억들을 차곡차곡 먼지로 쌓아올린 채 바
라보면

　아버지가 물고기 한마리 갈대에 꿰고 돌아오는 저녁 같
은 것
　갈대 끝에서 뻐끔대는 아가미 같은 것
　·
　·
　·

　　—저녁 식사를 마치고 나면 나는 아버지의 육체가 되
어 있겠지

도둑 비행

비행기 안을 날고 있는
파리의 고도

나는 헬싱키로 가고 있다 아니, 앙카라나 흑해에 가라앉
은 비 내리는 고대 도시로 가는지도 모르지만,
만일
무사히 도착한다면

꼭 한벌씩 남는 컵과 스푼이 커플로 비치된 호텔에 젖은
양말을 널어놓고,
촛불이 바람을 끄는 날처럼
고요하게

가로등이 자수 커튼을 들추는 식당 라마단의 새벽이 떨
어뜨린 먼 왕국의 잊혀진 전설 속으로,
걸어갈 수 있을까?
모든 고도에는 비가 내리고 모든 이동은, 알 수 없음 윙
윙거리며 파리는 날고

하루에 백팔십번 종을 치는 태엽 시계에 관한 진담과
죽음에 관한 농담으로

불 속의 글자처럼 사라지는 순간들이 환한 얼굴로 나를
올려다보고 있는 것 같다고 느끼며,
만일
무사히 도착한다면

물에 잠긴 도시 회랑에 켜진 촛불처럼
고요하게,

창문을 열 수 있을까? 객석과 객석을 오가는 사이 미지
에 도착하는 파리처럼
처마에 매달린 빗방울,
푸른 기와의 밤이 비밀스럽게 품고 있는 보석들을 받으
려고

손을 내밀 수 있을까?

제자리로 돌아가 안전띠를…… 맬 때, 비행기가 구름 사
이를 지나가고

　　담요는 빗소리처럼 바닥에 끌린다

지나가나, 지나가지 않는

 이 시간이면 모든 그림자들이 뚜벅뚜벅 동쪽으로 걸어가 한꺼번에 떨어져 죽습니다. 아름다운 광경이죠. 그것을 보고 있으면, 우리 몸에서 끝없이 천사들이 달려나와 지상의 빛 아래서 살해되고 있는 것은 아닌지 묻게 됩니다. 나의 시선과 나의 목소리와 거리의 쇼윈도에도 끝없이 나타나는 그들 말입니다.

 오랫동안 생각했죠. 깜빡일 때마다 눈에서 잘려나간 시선이 바람에 돌돌 말리며 풍경 너머로 사라지는 것을 보거나, 검은 소매를 끌고 돌아오는 내 그림자를 맞이하는 밤의 창가에서…… 목소리는 또 어떻구요. 투명한 나뭇잎처럼 바스라져 흩날리는 목소리에게도 내세가 있을까? 아, 메아리라면, 그들에게도 구원이 있겠지요.

 갑자기 쇼윈도에 불이 들어올 때,

 마네킹은 꼭 언젠가 살아 있었을 것만 같습니다. 아니, 끝없이 살해되고 있는지도 모르죠. 밤새 사랑했지만,

 아침이 오고 또 하루가 저뭅니다. 이 시간이면 서서히

어두워지다가 갑자기 환해지는 거리에서 태어났던 것들이 태어나고 죽었던 것들이 죽는 것을 보곤 합니다. 그러나 내가 기다리고 있는 것은 아닙니다. 다시, 한꺼번에 깜깜해지는 거리처럼, 사랑하는 순간에 태어난 천사에게만 윤회가 허락될 리는 없으니까요.

취이몽(醉以夢)

　누가 돌을 던져서, 허공의 어디쯤 깨져나간 것이 내 머리는 아닐까? 세계의 뚫린 구멍이 내 생각은 아닐까? 그 둥근 틈으로 모든 침묵이 날아가버려서

　우리는 취하고

　하나씩 가로등에 매달려 떨어지지 않는 불빛처럼,

　끔찍한 일이다.
　생각은,
　몸속 핏줄에 친친 감긴 돌이 위태롭게 켜놓은 심장 근처에서 휘어지는 칼날처럼……

　나는 필요한 만큼 죽인다. 다행히 오늘은 술이 맑아서 무심코 몸의 심지를 적시면,
　오래 감다 끊어버린 태엽처럼
　늘 밤이었다.
　밤은 얼마나 큰 돌이 지나가는 순간일까?

꿈은 그 돌이 떨어지는 수풀일까? 무엇이든 왔던 곳으로 돌아가지만 왔던 방법으로는 가지 못해서,

생각은 아물지 않는다.

우리가 갖지 못한 것은 날개이고 새가 갖지 못한 것은 날고 싶음입니다. 날개 때문에 새는 공중에서 떨어지고, 날고 싶어서 우리는 제자리에서 끝없이 추락합니다.
그가 말을 멈추지 않아서……
내가 날고 싶다고 해서 날 수 없는 건 아닙니다. 내가 날 수 없다고 해서 날고 싶은 건 아닙니다.

우리는 날아서 왔습니다.

생각처럼,
생각처럼

검은 연기를 지피며 부딪치는 칼끝에서 돌 하나 붉은 심장으로 타오를 때,

목 위에 달린 구멍으로 들이치는 비처럼
슬픔처럼,

나는 필요한 만큼 죽는다. 알겠습니까? 구멍도 깨집니다.

깨지지 않는 한 몸은 영원한 바닥이어서……
어느날,

유리창이 깨지듯 잠이 깬 손으로 얼굴을 감싸쥐면, 오래
전 날아온 돌멩이가 잡힌다.

눈물은 금처럼 번져간다.

사랑

빗방울이 빗소리 속으로 사라지는 것처럼 촛불이 꺼지면 박수 소리가 들린다.

누구나 한번쯤 창밖을 본다. 미처 챙기지 못한 우산 때문이라고 해도……

한명이, 왜 저러는 거야? 말하면, 거기 우산을 놓치고 서 있는 사람이 보이고
두명이, 세명이 창가로 간다.

세개째, 네개째 입김을 분다. 다시 한명이 접시를 두드리면, 술잔을 들기 위해 일제히 돌아서고…… 유리에,
내리는 비에게 우산을 씌워주고 싶습니다, 써놓은 한사람을 찾고 있다.

모두가 자신이 아니라고 하면 우리는 누구를 위해 모인 것일까.

이제 창밖엔 아무도 없다.

우리라서

나는 저 발자국이 몸으로부터 아주 끊어져 있다고 믿지 않습니다. 몸은 없는데 무게만 있다고 믿지 않습니다. 그러나 저 발자국마다 당신이 서 있다면, 나는 영원히 당신을 떠날 수 없겠지요. 그래서 어떤 비는 지워진 밤을 위해 온다고 생각하는 건 아닙니다. 둥둥 떠내려가는 어둠이 상갓집 신발처럼 우리를 흩어놓는다고 느끼는 건 아닙니다.

그래서 취한 건 아닙니다.

아아 정말,

뭔가 밀실을 엿보는 기분이랄까. 마지막으로 관을 열었을 때, 반듯이 누운 아버지가 꼭 열쇠처럼 보였어요.
사람을 묻고,
별들이 한바퀴를 돌면 세계의 단단한 지평선이 모두 열릴 것 같았어요.

잘 들어갔다고,
답했다.

전철을 반대로 타고 여섯 정거장을 달렸지만 우리는 늘
전파의 거리를 줄이거나 늘이면서 잘못 든 길을 달리는 중
이고,
　어디에 내려도
　거기가 도착지는 아니니까. 잘 들어갔다고 믿으며
　돌아간다.
　우리는 서로가 서로를 기억하지 않는 시간 속에서만 잘
지낼 수 있겠지만,
　마지막으로 서로를 기억하는 사람 또한
　우리라서,

　아침이면 차창을 스쳐가는 나무들이 단 한번 죽음을 주
인으로 모시고
　밤처럼 꼭 감은 눈에서 떨어지는 이슬 한방울씩 받아주
는 때가 온다.

우리

"다시는 별을 쳐다보지 마."
우주로 낭비되는 슬픔이 싫다. 자꾸만 쏟아지면 텅 비게
될 행성에서, 텅 빈 구름만 나뒹구는 행성에서

천천히 해를 따라 걸으며 늙어가는 무리가 있다면,

별빛에 찔리는 밤이 있고
이 행성의 푸른 공에서 절망이 바람처럼 빠져나간 뒤에
도 일그러진 채 굴러가는 뭔가가 있다면,

그게 우리일까?

눈보라의 미래, 물의 숲, 혼자 도착한 아침과 꿈의 정거장
인 삶에 대해 생각하는 일이 가능한지 물어보는 슬픔으로

우리는 있어서,

"다시는 별을 쳐다보지 마."
그 말로 인해 다시 쳐다보는 밤하늘을 우리의 절망은 죽

을 때까지 걷도록 선고받았다.

끝없이 별빛에 찔리며 일그러진 뒤에도 굴러가는 달처럼.

송별회

이 불판을 데우는 것은 타오르는 단풍 같습니다. 저 접시에 담겨 나오는 것은
갓 떨어진 낙엽 같습니다.
놀랍게도, 고기는 연기의 빛깔로 익는군요.
재의 색깔인가요?

내 몸속에는 아직 잎을 떨구지 못한 단풍들이 가득 담겨 있습니다.

아무래도 빨갛게 타고 있는 모양입니다. 모든 말들이 연기로 피어오르고 있으니,
모든 문장이 재로 남아 있으니,
한점씩 집을 때마다 고백이 많아집니다.
후회에는 냄새가 나는군요.

나는 낙엽이 점점 무거워져서 떨어지는 것만 같습니다.
바람이 불면 돌멩이가 날아오는 것만 같습니다.

그리고, 내 몸에 불이 번질 것 같습니다. 웃지 마세요. 입

속에 불씨가 보입니다.

　낙엽이 다 졌는데 왜 바람이 부는 걸까요?

　그날 내 입술에서 흘러나온 낙엽 한장을 부드럽게 핥아
주었던 것은 두고두고 잊지 않겠습니다.

　화상연고 같은 안개가 강둑을 넘어오는 시간입니다.
　누가 강물을 짜내고 있는 시간입니다.

　얇게 썬 살코기를 매단 나무를 올려다보면, 꿀꿀거리며
죽어가는 잔별들이 보입니다.

　정말로 밤은 끝을 오므린 검은 봉지일까요?

　어느날, 내 몸속의 잎들이 한꺼번에 지는 날이 있을 겁
니다.
　내 몸을 찢고 나온 슬픈 식사가 있을 겁니다.

계절이 헐렁한 바지를 입고 성큼성큼 어디론가 가고 있
는 것 같습니다만,

내 몸을 뒤춤에 아무렇게나 기워놓은 호주머니로 사용
하지는 않겠습니다.

찌그러진 담뱃갑처럼 슬픔 따위를 구겨넣지는 않겠습
니다.

무서운 슬픔

뱀은 모르겠지, 앉아서 쉬는 기분
누워서 자는 기분

풀썩, 바닥에 주저앉는 때와 팔다리가 사라진 듯 쓰러져
바닥을 뒹구는 때

뱀은 모르겠지,

그러나 연잎 뜨고 밤별 숨은 연못에서 갑자기 개구리 울
음이 멈추는 이유

뱀이 지나가듯,

순식간에 그 집 불이 꺼지는 이유

카프카의 편지

나의 밤을 네가 가져갔던 시간이 있다고 말한다 거짓말
처럼

환한 상점 불빛에 담겨 있던 저녁을
잊고

불 꺼진 상점 유리에 비쳤던 새벽을
잊고

달에 박혀 있던 비석들 떨어져 소용돌이치는 알코올 속
으로 가라앉는다 거짓말처럼

모두 거짓말

그리고 하얀 고래가 투명한 뼈를 끌고 도착한다 마침내
되돌아오는 편지의 첫 줄처럼

인생은 씌어지는 것이 아닐 것이다

모두를 공평하게 사랑하려고 부재하는 신에 관한 기록
처럼

　구겨지는 것이다

나는 알고 있거든

오래 비운 집
우편함에 쌓인 편지를 몰래 가져가서는
그 사연을 대신 앓는
소녀에게
모르는 곳으로부터 날아온 몇줄 슬픔에 갇혀 밤의 미로
속을 걷고 또 걷는
소녀에게
가르쳐주마 나는 목숨을 끓여 슬픔을 정제하는 공장이
어디 있는지 알고 있거든
그곳에서 생산되는 울음이 쌓여가는 창고와
컨베이어에서 돌고 있는 웃음을
아니면
목숨을 캐는 광산
안전모를 쓴 꿈이 검은 먼지를 뒤집어쓰고 걸어나오는
그곳을
나는 알고 있거든
네 하루가 작은 모래로 가득 찬 시계 같아서 한번 떨어
지면 바닥뿐인데
다음 날도 다음 날도

아무도 그것을 뒤집어놓지 않아서

그다음 날

나의 집 검은 모래로 꽉 찬 유리창을 깨뜨렸다는 것을

알고 있다 그날 다친 손으로

발목까지 끈을 매는 초록색 운동화와 분홍색 별 모양 헤드폰을 사려고

너는 계획하지만

분홍 별이 뜨는 초록 거리에서도

너는 혼자겠지 아무도 가져가지 않는 우편함 속 편지처럼 그것이

네가 편지를 가져간 이유

나는 알고 있다

주인이 영원히 읽지 않을 사연을 주인이 영원히 읽지 못하도록

너의 밤에

너의 미로 속에

너의 몸에 가둬버린 그 슬픔을

그러나 너는 모르지

네가 아픈 이유

가르쳐주마 봉투를 찢었을 때 쏟아지던 모래의 내력과

후우 불면 흩어지는 활자들의 기원

초록 운동화를 신고 오는 밤과 분홍 별의 노래 속에 감긴 미로

나는 알고 있지

목숨이

꿈의 갱도에서 활자로 부서졌으므로

화차 바퀴의 모래시계로 뒤집히고 뒤집히며 네 사연을 채웠으므로

오랜 후

네가 쓴 편지를 네가 읽었으므로

너는 모르지

내게서

네가 네 운명을 훔쳤다는 걸

덕분에 나는 닫힌 공장 굴뚝의 긴 어둠을 막대처럼 뽑아 하루를 내리치며

폐광의 잠을 잔다

기어이 너는 모를 것이다 그날 네 작고 하얀 손이 무슨 짓을 하였는지

네 운명이 앞질러 되가져간

슬픔 덕분에

실직당해 몸 밖으로 쫓겨난 꿈 때문에

내가 일상이라는 죽음을 죽기까지 살게 될 테니

흐린 방의 지도

　더이상 나를 부르지 않는 소리를 들었다 그것은 말이었
으나 무리를 잃은 흰 날개의 메아리였다가 어느새 죽은 별
들의 손에서 흘러내리는 안개처럼

　골목은 간밤의 신열로부터 어떻게든 일어나려고 식탁
에 흩어놓은 약봉지 같다

　내 안에서 필사적으로 빠져나가려는 대답을 막기 위해
밥을 먹어야 했다
　내 귀의 구멍으로 밤을 구겨넣고 간
　네 목소리의 아침

　누군가 느낌을 담아가기 위해 사람을 만들었는지도 모
른다 마트에서 부엌까지 비닐봉지에 비린내를 담아가듯
꿈과 꿈 사이로 이어진 생활을 지나가려고
　누군가 내 뺨을 후려치고 그 손을 내 손목에 달아놓았는
지도 모른다

　이 기분이 새지 않는다

골목에 별들의 지문이 잠기는 방향으로 휘감겨 있다 손목에서 빙빙 돌아가는 비닐봉지

이제 너는 안개 속으로 손을 넣지 않는다 축축하게 식어가는 밤을 만지려 하지 않는다

왜 꿈에는 귀가 없을까? 아무리 소리쳐도 꿈속까지 들리진 않는데 왜 꿈에서 속삭이면 꿈 밖까지 들릴까? 골목에서는 질문을 멈추게 하는 알약이 팔리지만

여기서 외로움을 사용하지는 않을 것이다

더이상 나를 부르지 않는 소리를 들었다

그래서 대답했다

응 나 여기 있어

별에서 막 흘러내린 안개처럼 자글거리는 조기를 뒤집어야 할 때를 보고 있었다

옆집 남자

사막 가운데서도
선인장은 물속에 잠겨 있다.

땅에 떨어져도
새의 뼈가 비어 있는 것처럼. 죽어서 새는 땅속으로 하늘을 가져간다.
어둠.
끝이 보이지 않는 것과 끝이 없는 것은 같은 말이다.
밤.

불을 끄면 내 손은 끝없이 자라난다. 죽음까지 만지고 와 내 옆에 눕는다.

아침엔 사막으로 물을 가져가다 가시가 돋아난 풀처럼

안개가 끼어 있다. 사이에
벽처럼,

두드리고 싶다.

아이가 울고
옆집 남자가 쾅쾅 벽을 두드리는 것처럼
이,
쪽,
에,

내가 살고 있습니다.

죽은 자의 심장을 내리치듯.
쾅쾅
안개를 두드리는,
울음은 저기
혹은

여기, 어딘가 보이지 않는 곳에 그가 살고 있다는 말과
같은 것이다. 끝이 없이
　혹은 끝이 없어

나는 옆집 남자로 살고 있다.

산책자 보고서

어쩌면 허기진 쪽으로 기울어져가는 지붕의 망치질 소
리로 비가 온다
지붕을 뚫지 못해 빗방울은 대신하여 빗소리를 집 안으
로 내려보낸다

천장으로 끓어오르는 그림자를 간신히 누르고 있는 비
탈의 오래된 집

끓는다는 말 속에는 불꽃의 느낌이 숨어 있다 비 오는
날 지붕이 끓는 것처럼
냄비 바닥의 불꽃 속에 숨어 있는 빗소리의 느낌을 라면
가닥으로 삼킨다는
말 속에는 또 비처럼 흘러내리는 몸의 느낌이 있다

나의 몸은 비를 대신하여 집 안에 고여 있다

나는 비의 느낌으로 숨어 있다

지붕을 두드리는 빗소리는 한사코 지붕에 부딪치는 빗

방울을 지운다 바닥에 누운 나는 한사코 바닥에 차는 빗소리를 지운다

　빗방울의 시간은 빗소리의 시간보다 더 멀리 있어서 빗소리의 시간은 나의 시간보다 더 멀리 있어서 나는 끓는 허기일 뿐

　하루는 그 간격을 오가는 시간으로 더 먼 곳의 시간들을 지우고 있다

　시간의 반대편으로 뻗는 그림자로부터 간신히 몰락을 지우는 망치질까지

　비는 냄비 속에서 불고 있다

호수공원

네 머리를 떠난 네 생각이 여기 호수에 잠겨 있다 부러
진 칼처럼, 헤엄치고 있다
꼭 누군가의 몸을 지나온 칼처럼,

빨갛다
헤엄쳐도 씻기지 않는다

물 밖에는 사람들이, 손잡이만 남은 칼을 귀에다 대고
무슨 말인가 하고 있다 손잡이만 남은 칼 앞에서
웃고 있다,
찍어대도 피가 나지 않는다

너는 잉어의 눈알을 파먹고 온 눈으로 나를 바라본다,
인생은 가끔 그런 순간을 과거에 갖다놓는다
살아 있는 느낌

살아 있는 느낌,
그것이 너무 싫다고 말했다

지느러미를 연기처럼 풀어놓고 석양은, 알 수 없는 깊이
에서 보이지 않는다

그러므로

밤이라는 국경을 거슬러 거슬러 헤엄치면 꿈나라에 가
닿겠지 그래서 묻는다, 이렇게 많은 사람들이 한꺼번에 잠
이 들고 이렇게 많은 사람들이 한꺼번에 꿈을 꾸면

그 나라는 도대체 얼마나 크단 말인가?

모든 칼들이 손잡이만 남아 있는 나라,

돌아오는 집 앞 정육점에도 칼은 있다

거기 돼지를 지나간 생각이 걸려 있다 아직도 타고 있는
석양처럼 환해서, 한덩어리 베어와 물에 담가두었다

차갑고 어두운

겨울은 호수를 창문으로 사용한다

그래서 호수에 돌을 던진다

네가 창문을 열었을 때 그 앞에 내가 있었으면 좋겠다,
생각하면서

오후의 까페에는 냅킨 위에 긁적여놓은 글자가 있고
연필은 언제나 쓰러져 있다 차갑고 어두운 것을 흘려보
내고 난 뒤에, 남은 생각처럼

태양은 연필 뒤에 꽂힌 지우개 같지만 문지르면 곧잘 호
수를 찢어버리지

바보처럼 깊이에 대해서 묻지는 말자,

왜 생각 속은 늘 차갑고 어두운 것일까 생각하면서

까페를 나와 호수공원을 돌고 있다

여기서 해마다 스무구씩 시체가 건져집니다 정말이라
면, 우리가 죽이고 온 스무살이 해마다 돌아오는 거겠죠
　무서워,
　까페 간판에 불이 켜지는 시간이면

　물을 닦은 냅킨처럼 안개가 피어오르는데 안개 속엔 꼭
안개만 있는 것이 아닐지도 몰라서,
　뾰족하게 깎은 연필을 움켜쥐고 무언가를 견디며

　쿵, 바닥을 울리고 호수 위를 뱅글뱅글 돌고 있는 돌멩
이를

　오랫동안 올려다보는 사람이 있을 것 같은 생각,

　냅킨 위에 한자씩 씌어지는 글자처럼 안개 속에서 한걸
음씩 사람이 나타나서 내 눈을 찌를 것만 같은데……

　차갑고 어두운 곳을 생각하면 차갑고 어두운 곳이 생기

겠지,

　이렇게 호수공원을 돌다보면 안개는 공중에 띄워놓은
물속이거나 깨지는 순간의 창문 같아서
　창문을 깨지 않고도 창문 밖으로 쏟아지는 불빛 같아서,

　나는 연필처럼 깎인 채 까페에 앉아 차를 마시고 또 호
수공원을 돌겠지만

　생각 위에 글자를 쓸 때마다 금방 낙서가 된다

울음을 다 써버린
몸처럼

우리 모두를 가지고도 한번도 우리에게 오지 않은

기다림처럼,

비가 오다가

어느 순간 신호등이 바뀌듯, 한발짝씩 누군가의 이름을
옮겨놓으며

오래 걷다가 멈추듯,
비가 오다가

미안해, 아무래도 늦을 것 같아.

그래서 눈을 먼저 보낸다.

자작나무

   질문이 적힌 종이를 구겨 던진 구름들, 천둥으로 번개로
쏟아지던 활자들
   그때 겨울이 왔고

   눈이 내렸다, 허공의 젖은 소매에 부딪쳐 반짝이며
   흩어지며
   생의 비밀을 잃어버린 사금파리처럼
   한순간,
   깊은 동맥을 그으며

   나는 돌 하나를 쥐고 있었다 언젠가 깨진 적 있는 금들
의 아름다움, 백골처럼

   맞추면, 다시 하나가 되는 조각들

   그러나 결코 멈추지 않는 질문들

   알고 있다 너를 만났을 때, 나는 너무 많은 꽃들을 꾸며
냈다 봄 여름 가을, 가을

끊긴 동맥에서 쏟아지는 끈적한 슬픔을 떠
가을 잎들을 칠하고
그 빛깔로만

약속의 차가운 아궁이를 태우며,
그때 겨울이 왔고
나는 돌 하나를 쥐고 있었다 언젠가 백발 마녀의 머리를
향해 날아갔을,
그러나

아무 소리도 없이 깨지는 하늘처럼
쏟아지거나 떨어지는
질문이거나

영원히 구해지지 않는 해답처럼,
흰 눈처럼

우리는 영혼의 문장을 나눠 가진 것 같아

서로 비밀의 활자들을 맞추다, 우리는

날아가는
돌에서 백발이 자라는 것을 보았다

하늘에서 흰머리가 내리는군

검은 광장을 지나 우리는 이별을 안부처럼 물으며 걸었다.

하늘에서 흰머리가 내리는군.

우리는 금방 늙어버리고 거리는 붉은 낙서로 가득 찬 페이지에서 찢겨져 있었다.

사랑에 대해 들려주고 싶었지만,

봄여름가을에 대해

그러나 우리에게 남은 자연은 없었다.

겨울,

그리고 바람

소리가 큰 귀를 펄럭이며 날아가는 쪽.

거기서도 시간이라는 성실한 집사들만이 유일하게 우리를 돌봐주겠지.

하늘에서 흰머리가 내리는군.

우리는 괜히 흰 눈을 다져 둥글게 뭉치곤 하였다. 미리 뒹굴고 마침내 세워진 머리를

미리 뒹굴고 마침내 서 있는 몸통 위에

가지런히 올려주고 싶지만,

구름의 상복이며

물의 시신,

피와 눈물이 하나인 눈사람에게 그리움 따위를 맡겨놓
지는 말아야 한다.

슬픔의 증인석을 내주지는 말아야 한다.

얼굴에 광대 분장,

신기해라. 어떻게 만들어도 눈사람은 모두를 닮아 있지.

그래서

아무리 단단하게 뭉쳐도 흔적 없이 사라지는 눈사람을
보면, 올 때마다

눈물이 조금씩 우리를 지우고 있다는 생각이 든다.

하얗게 어는 겨울 풍장처럼

나로부터 미래가 도망칠 때,

세상에는 사랑이라는 말을 많이 하는 저녁이 있고 안녕
이라는 말을 많이 하는 아침이 있지만,

나는 언제나 뒤에 오는 것을

믿는다.

세상에 눈사람이 진실이라고 말하는 겨울이 있고 눈사
람이 거짓이라고 말하는 봄이 있다면……

드레스

겨울이 새의 둥지를 허무는 것을 보았다 고요해서, 아프
지 않았다 고요해서
  아름다운, 멸망 ── 잊기 전에
  잊힐 것 같았다

겨울이 내 손에서 낯선 계절을 읽었다, 겨울의 토요일
나는 손금의 길 하나를 알려주었다, 겨울의 적령기

  새의 울음은 깨문 자국처럼 떠다녔다

  아프지 않냐고?
  물으면,
  상처처럼 벌어져 있는 게 시간이라고 말해주고 싶었다
눈보라, 겨울의 드레스
  폭죽처럼

  새들이 날아올랐다 그때, 나무가 겨울의 신부라는 것을
알았다 겨울 앞에서만
  옷을 벗는

맹세라는 난파선, 검은 상처

나무는 오직 발자국 하나를 찍으며 서 있지만, 그 발자
국 끝내 메우며 죽는다는 것 —— 눈보라
날개만 남기고

사라진 새처럼,

겨울이 바람 안쪽에 뼈처럼 하얗게 고요를 부러뜨려놓
았다, 아프지 않았다 고요해서
아름다운, 사랑 —— 죽기 전에
죽을 것 같았다

눈과 생각의 금붕어

네 생각이 났다 아침 어항에 흰 배를 뒤집고 떠오른 금
붕어처럼, 눈이 왔다
잠에서 깼을 때,
그랬다
네 생각은 흰 배를 뒤집은 금붕어처럼 떠올랐고 눈은 흰
배를 뒤집고 떠오른 금붕어처럼 내렸다

말이 돼? 흰 눈이 금붕어의 뒤집힌 배라면 지구가 금붕
어라는 거잖아, 불타는 지느러미를 가진
금붕어를 건지며 생각했다
말이 안되지, 금붕어처럼 떠오른 것이 캄캄한 우주를 돌
고 있는 외로운 행성이었다면…… 아침이 왔을까?

눈이 내리고, 하얀 지평선으로 행성이 떠오를 때 떠오른
생각이 너였다면

어항 이야기는 그다음, 집에서 도서관 혹은 놀러 가는
홍대나 가끔 찾는 광화문쯤 거기에 내가 건널 수 없는 투
명한 막이 있다고 해도 나는 모를 테지

아무도 깨뜨리지 못한다

생각 안에서 네 주위를 빙빙 도는 생활처럼, 갇히면 살
수 있고

죽어서 풀려나는

지구 이야기는 그다음, 분명한 것은 흰 눈이 죽음을 덮
어준다는 것이다

말이 돼? 머리끝까지 덮을 모포가 없어서 금붕어는 흰
배를 가졌다는 거잖아, 몸으로 몸을 덮는

흰 눈을 뭉치며 생각했다

말이 된다,

너를 생각하는 일이 한번도 눈을 맞아본 적 없는 금붕어
가 스스로 눈이 된 이야기라면…… 꽁꽁 얼어버린 행성 이
야기라면

말이 되지, 그것이 뒤집힌 거라면

여기 금붕어 흰 배가 덮어놓은 어항과 지구의 흰 눈이

덮어놓은 은하가 있다
　눈이 내리고,
　네 생각이 죽음으로 덮어놓은 밤하늘이 있다
　잠에서 깼을 때
　그것이 지구를 삼킨 금붕어가 은하 밖을 헤엄치는 순간
일지도 모른다고 생각했지만……

　순조로운 아침이었다 아침이 와서, 일어나 씻었다 옷을
입고 신을 신고 문을 열었다 아침이 와서 폭폭 눈밭을 걸
었다, 버스를 타고 눈 더미를 지나고 망우에서 내려 다시
버스를 기다렸다, 지나간 버스를 기다렸다

　다시 눈이 내리기 시작했다, 뭔가 잘못됐다고 손으로 받
으면 눈은 녹아버렸다

아무렇지도 않게

창밖에 밤의 수염처럼 비가 드리워져 있는 날이 있다 어
느 미용사가 지붕 위에 앉아
그 수염을 자르는 밤이 있다

눈물은 담쟁이 단풍처럼 창백한 뺨에 달라붙은 것처럼
언제든 창문은 결국 비를 떨구고

그러니까 수염이 점점 짧아져 더는 자를 것이 없을 때

가을이 간다

그러니까 하얀 뺨이 파랗고 따가운 뺨을 밤새 부빌 때

언제든 지붕은 다시 비를 만나고
창문은 담쟁이 단풍처럼 창백한 밤에 달라붙은 것처럼

아무렇지도 않게 당신을 쳐다보는 날이 있다 가위로 제
심장을 찌른 채 쓰러진 미용사의
젖은 발을 만지는 때가 있다

더 많거나 다른

약속에게 기다림은 전쟁일 테지. 햇살처럼 걸어가다 알
수 없는 거리에서 비를 맞는……
망각에게 만남은 전생일 거야. 부드럽게 흘러가다, 부서
진 악기처럼

내동댕이쳐지는 시간들.

시간들.
시간들.

열한시에 열한시를 만나기로 했다.
택시를 탔다.

다섯시에 다섯시를 만났던 것처럼,

물었지. "아름답습니까?" 침묵의 온도와
밤의 음정,
음악이 아름다운 곳에서는 모두들 그래야 한다는 듯 우
아하게 웃고 있었다.

빗물이 유리창을 찢는 것 같아.

박수는 망친 악보 같지.

늦은 시간이었고,
나는 집 앞에 가 한잔 더 하고 싶은 마음이었다. 그것은
아름다울까?

열한시를 택시에 태울 수 없어서
우리는 헤어졌다.

서로를 내동댕이친 채 서로를 생각했다. 그것은 아름답
지만,

열한시는 대답하지 않았다.

택시를 타고 멀어지는 나와 택시 뒤로 멀어지는 열한시
와 그때 빵, 순간을 때리는 경적에 대해.

비 맞는 햇살과 부서진 노래,

아름다움에 대해.

집 앞 테루테루에는 물고기가 비처럼 토막 난 채 도마에
올려져 있었다. 그것은 음악이었나? 소주를 마시며 그것
이 햇살이라고 생각했으니.
자주 마주치는 사람도 있고 처음 보는 사람도 있지만,
이곳에서는 누구도 우아하게 웃지 않았다. 그때 어디선가
'좆같애'라는 말이 들렸고……

오늘도 택시를 탔다.

열한시는 약속을 어기지 않는다. 나는 날마다 열한시를
앞에 두고 술을 마신다.
"얼굴이 그대로이십니다."

흰나비

흰나비는 이 세상 것 같지가 않다. 쫓아가는 아이는 꼭
넘어진다.

나비
Tattoo

내 왼쪽 어깻죽지에는 가을 새벽에 산을 오르는 호랑이 한마리가 있다.
그리고 지금은

낙엽이 겨울 바닥에서 차갑게 죽어가는 화요일.

꿈에서 덮었던 끝없이 펼쳐진 모포,
눈이 내리고

난로 위에서 주전자가 돼지감자 소리로 끓고 있을 때,
이런 문장이 떠올랐다.
죽음은 우리가 알 수 없는 세계의 중력이 체험되는 것이다.
메모까지 하고
골몰한다. 무슨 뜻일까?

눈이 내리고

어디로 발을 뻗고 누워야 하나. 모포 바깥에, 이렇게 얼굴을 남겨둬도 괜찮은 걸까?

나는 호랑이띠고,

호랑이 가죽에는 죽음이 붙어 있어서

가을의 끝에선 언제나 눈이 내린다. 태우지 않은 낙엽을
하얗게 덮는 재처럼,

천구백칠십사년은 화요일로 시작되었다.

음력 팔월 하순 새벽의 사주는 물이 많아서
아무래도
화요일엔 죽지 않을 것 같다, 한줄의 메모를 더 하고
왜 그런 기분이 들까?
그러나

모든 의미가 뒤늦게 따라오는 것처럼

어떤 이유도 되돌아 짚어보면 되니까.

가을 새벽에 산을 오르는 호랑이는 여전히 내 왼쪽 어깻
죽지에 남아 있고
　지금은 불 위에 물이 놓여 있지만,
　나는
　*괜찮다,*고 썼다가 지웠다.

　가을은 몇살이나 되었을까?
　눈이 내리고

　끝없는 졸음 속으로 당기는 중력이 있어서, 우리가 알
수 없는 세계에 떨어진다면
　허공에서 아무렇게나 흩어져

　서로를 놓친 채로 쌓인다면,

　무심하게 주전자를 바닥에 내려놓듯이
　나는,
　하얗게 탄 물의 재를 가죽으로 입을 것이다. 마침내 어떤
꿈도 남지 않은 새벽에

깨어나 만져보면 그대로 부서지는 날개,
가만히 혀를 대보면

맑게 흐른다.

돼지처럼 감자처럼 아득히 끓어오르는 꿈의 입술로 빨
았던 나비의 흰 젖.

스위치

이 집은 사십년째 무너지고 있다.
사십년째,
북국으로 날아가는 철새들의 긴 그림자가, 헐거워지는
못을 밟고 있다.

물이 새는 화장실

스위치를 올리면 물소리가 멈춘다.
이상하지?

시끄러운 누이는 어느새 텔레비전 앞으로 돌아와 이상
하지 않다는 듯이
이런 제시어를 읊조린다.
남녀라는 주차장
계급적인 불빛으로서의 교각
태엽에 감긴 생일

밤이고 강변이고 비가 오고 울고 있고, 종합적으로 사랑
하지만 어쩔 수 없는 연인들을 *끄고*

이 집에서 사십년째 잠들고 있지만,

나의 시체는 아직 완성되지 않았다.

인부들이 왔다.

화장실 바닥을 파내자 축축한 돌 하나가 나왔다. 어쩔
수 없는 환풍기가 돌아가고,
언젠가 익사자의 주머니 속에 들어 있었을
돌

아침부터 누이는 대본 연습 중이다.
내 핏속을 달리는 기사님, 그대의 더러운 장화 때문에 인생
이 자꾸 탁해져요
그리고,
떠난 자가 남은 자의 몸에 고통으로 잠시 머무네

나는 주머니 속에 돌을 집어넣고
가계부 목록을 쓴다.

북국으로 가는 철새 그림자를 위한 항로 보수 공사에 든
비용
　스위치를 내린다.

개와 산책하는 비

초복 대신 감나무에 매달려 깽깽대는,
매미처럼
너를 만나면서 너로부터 잊혀질 날들을 살아가고 있다
는 공허함을 느끼면

머리 위로 잠을 설친 구름들이 걷고 있어

공원에나 가볼까,
할아버지 파자마 입고 나와 등을 치는 아침 일찍
정발공원에
공중걷기 발판 위를 거기 전봇대 신축빌라 실입주금 이
천오백 현수막을

구름은 내 머리를 징검다리로 밟는다
공허하니까,

나는 꼭 두개씩 매단 그네 오른쪽에 앉아 있는데, 아이
가 쪼르르 달려와 빤히 쳐다본다
사는 게 귀찮다는 듯 툴툴 손수건을 부치는 할머니를 보

증인처럼 세워두고,
　이럴 때 나는 그네에서 내려 아이에게 자 타보렴, 웃는
착한 아저씨가 되어야 하는 걸까

　매미는 울고, 왼쪽에도 그네는 있는데

　아침부터 마음을 앞뒤로 밀며 내려야 하나 말아야 하나,
너를 만나는 일처럼
　할머니는 손수건을 펴 아무것도 없는 입가를 훔치는데
　자꾸 뭔가 묻은 것 같겠지, 뜨지도 않은 밥풀이 마시지
도 않은 국물이
　나는 아무것도 먹지 않았어요
　괜히 변명부터 해야 하는 억울함을 미리부터 감추면서

　그리고 저기, 아이가 보자마자 신나서 달려가는
　산책 나온 개에게

　나는 속으로 짖어봐 짖어봐, 아랫입술을 꽉 깨문 채 두
눈을 부릅떠 보이다가,

잠깐 잊었다는 듯 두리번거리며
다시 속으로
나는 아무 말도 하지 않았어요,
문득 치욕으로부터 잊혀지지 않을 날들을 살아가고 있
다는 공포감을 느끼면

톡톡 바닥에 떨어진 매미를 발끝으로 건드리며, 죽었나
살았나

조금씩 비가 듣는데, 이제 제가 운 울음 하나 건사하지
못하나

귀가사(歸家辭)

　나는 의사 앞에서 '내 간 속에서 미래가 자라고 있어요'
라고 말했다. 살면서,
　가끔씩 찾아오는 질환이 내 몸속의 죽음을 왕진해주고
있다는 느낌이 든다.

　아버지는 간암으로 돌아가셨다.

　조카에게서 언제 오냐는 문자가 왔다.
　그보다도
　내 몸속 어디에 삼촌이라는 성분이 들어 있는 것일까?
내 몸에는 아들이라는 성분과 동생이라는 성분과 애인이
라는 성분이 들어 있는 것일까? 빨갛게 끓고 있는 찌개 속
에서 설탕의 맛을 알아채는 것처럼, 그는 정말 자글자글 끓
고 있는 내 몸 어딘가에서 슬픔을 읽어내고 있는 것일까?
　내 몸속 어떤 성분이 당신을 그리워하는 것일까?

　그러고 보니 평생 사람들의 몸을 빙빙 돌며 달리기를 하
고 있는 피. 이 낡아가는 트랙을 새것으로 바꿔주려고 사
람들은 아이를 낳는지도 모르지.

그렇다면, 사랑은 새로운 운동장 건립 공사 같은 것.

그렇다면, 슬픔은 그 공사에 고용된 인부들 같아서
현장에서 나온 폐기물을 포대에 담아내듯이 슬픔이 나
를 내 인생에 담아가고 있는지도 모르지.

아버지는 간암으로 가셨지만, 나는 취했을 때 내 영혼이
출렁이고 있다는 것을 느낀다. 영혼은 갈비뼈 사이에 웅고
되어 있다가 그만 알코올에 녹아 온몸을 흘러다니는 것이
다. 종종 그것을 너무 많이 부어 넘칠 때도 있는데, 그때 나
는 전봇대를 붙들고 내가 175센티미터 크기에 팔다리 장
식을 단 술잔은 아닐까 생각했던 것 같다. 그러고는 골목
구석의 풀꽃이나 낙엽, 누군가 찢어버린 종잇조각이 언젠
가 내가 쏟은 얼룩은 아닌지 유심히 들여다보는 것이다.
누군가를 향해 날아가다 찬 바닥에 떨어져 퍼덕이는 한마
리 새처럼, 내 영혼의 조각들이 아직도 그 골목을 떠돌고
있는 것은 아닌지.

어쨌든 오늘 우리가 취했다는 것은 서로를 향해 출렁이

고 있다는 뜻이다. 이렇게 다른 얼굴의 장식을 달고 짠, 부딪치며 몸속에 소용돌이 하나씩을 만들고 있다는 것이다. 그렇다면, 나라는 잔에 알코올을 붓고 내 영혼을 녹여 마시는 자는 누구일까?

나는 누가 이렇게 오래 들어올리고 있는 술잔일까? 때로 황홀하게 허공을 휘저어주기도 하고 때로 바다를 탁탁 치기도 하며, 누가 내 인생을 앞에 놓고 삼겹살을 굽고 있는 것일까?

검은 고양이

하늘은 교황의 허수아비 속에 산 고양이를 넣고 불태우
는 놀이를 한다

아름답다,
고양이 비명처럼 번지는

모든 그림자를 태우기 위해 밤이 온다고 했다 거리의 검
은 봉지를 데려가기 위해
검은 봉지를 뒤집어쓰고

검은 봉지에 갇혀 검은 봉지를 검은 봉지로 만드는
밤

어둠속에서 불안은 어떻게 문을 찾아 두드리는가? 아
니, 불안이 두드리면 어디든 문이 되는가? 캄캄한 밤에 펑
펑 내리는 하얀 눈처럼, 눈이 쌓이면 그곳이 바닥인 것처
럼 똑똑, 두번이었다가 똑똑똑, 세번이었다가 무수히 그러
나 단 한번으로도 밤을 끓일 수 있는 불안처럼…… 나를
아는 모든 사람들이 한꺼번에 나를 잊은 것 같은 아침, 나
는 한번은 나였던 고양이처럼

호모 아만스(homo amans)

　나는 신들의 발자국을 보았다 ── 지상에 찍힌, 인간이라
는 (그래, 그것이 신들의 일이라면
　발자국도 한군데 붙박여 있을 리 없지)
　자고 일어나고 걷고 쓰러지는, 발자국들
　어느 순간
　사라지는 발자국들

　하나의 발자국을 마중하기 위해 앞의 발자국들이 웃고
하나의 발자국을 배웅하기 위해 뒤의 발자국들이 운다

　어느해 폭우를 기억하고 어느해 폭설과 어느해의 폭풍
과 지진과 해일이여,
　어제의 노을처럼
　양떼는 계절의 산 너머로 사라졌고 버려진 대지에 남겨
진 돌무더기, 그러므로

　우리는 신들의 멸종을 너무 오래 증명한다

　너무 깊게 패었거나

얕아라,

오래전 우기에 쏟아진 핏물 고인 웅덩이, 거기가 몸이라
고 ─돌이 날아든다

심장처럼 뛰면서

땅을 적시면서 한순간 깊이 파인 골짜기, 거기가 생이라
고 ─화석으로 굳은 발자국마다

출렁이는 피의 파도가 그 깊이에서 넘쳐 이번 생의 식민
지를 한폭의 지도로 완성할 때

우리는 슬픔이라는 나라의 지워진 국경을

너무 오래 끌고 다녔다, 그러므로 (사라진 망명지를 향해 영
원히 걷고 있는 행렬처럼)

인간을 따라가면

신들이 향한 곳을 알 수도 있지 ─양떼 떠난 돌무더기
저녁을 가로지르다

신들도 제 몸의 웅덩이에 빠져 넘어졌을까? 어느해 알
수 없는 날씨에

미끄러져, 다시 땅을 짚고 일어났을

신들의 손자국을 나는 보지 못했다

끝내 신들의 발자국으로 찍힌 것이
삶이라면,
사랑은 신들이 떨어뜨린 지갑일지도 모른다 ─ 그 속에
든 몇장 지폐를 꺼내
우리는 무지개 소용돌이를 가진 커다란 막대사탕을 사
먹었던가 (우리의 잘못은
그것을 우체통에 넣지 않았다는 것)

마리오네뜨

그는 구름을 받쳐놓은 투명 막대를 조금씩 유칼립투스
숲으로 옮겨놓는다

또 강물에 손을 넣어 휘젓는다 물고기들을 이리저리 손
가락으로 튕기면서

바다라고 이름 붙인 물의 야적장

보름에 한번씩 터지는 하늘의 풍선이 새벽 유리창에 병
자의 입김처럼
부푼다
그는 굴뚝에 한줄씩 연기를 묶어서는 비스듬히 지붕들
을 매달아놓고
저녁으로 그어지는 새들의 포물선을

노동자의 머리 위에 그어놓고

날마다 같은 옷을 갈아입힌다
햇살이 반만 드는 오후의 교실에 흔들리는 아이들의 손

처럼 뒤엉켜도
  서로 배역이 뒤바뀌지 않도록

  아들에는 다시 아버지의 옷을

  어느날
  그는 나의 머리 얕은 항아리에 뭉툭한 주걱을 꽂아둔 채
  내 몸에 슬픔의 밀반죽을 하고서는
  한접시를 덜어
  자신의 식탁 위에 올려놓았다 청동 촛대 아래서 시드는
빨간 꽃과 맑은 술
  잔에 빠진 몇마디 농담과 함께
  그러나
  나는 먼 대륙 빈 마당에 날아든 돌을 보며 너는 잠자는
영혼을 가졌구나
  내리치는 모든 이유를 온몸의 통증으로 채워놓은 해머로
깨뜨려도
  깨지 않는 영혼을 가졌구나

깨지 않는 꿈속을 사는구나

그는 잔디밭 노란 공을 들고 마미마미 달려가는 아이의
발목에 죽은 박쥐의 날개를 묶어놓았다
그림자 속에서
아무도 아이의 눈동자를 보지 못했다

더 어두운 색

드디어 어둠이 색깔일 뿐이라고 믿게 된 그는 더 어두운
색을 찾아나섰다
더 어두운 색, 더 어두운 색……

집에는 톱밥난로가 놓여 있었다, 매일매일 뜨겁게 뭉쳐
지는 속을 저어야 하는……

홍대 화방을 돌며 사들인 안료를 겨울 흰 눈 위에 쏟으
며, *모든 색깔을 섞으면 밤이 오지*
그는 단지 더 어두운 색이 필요했다

톱밥난로 연통을 고친 손을 눈밭에 문지를 때 파고드는
냉기 같은 색
연통에 베인 손을 닦으며 질끈 감는 눈에 한순간 차는
암전 같은 색

빈 운동장을 가로지르며 눈은 내리고 녹슨 철봉 위에도
하얗게 쌓이는데,

돌아와 다시 톱밥을 던지고, *불빛을 전부 까맣게 태워야
해……* 연통을 두드린다
　자신의 그림자로 가장 긴 밤을 저으며,
　아무래도 겨울을 날 수 없을 것 같아

　서서히 안개에 휩싸이는 도시가 더러운 팔레뜨처럼 색
색의 불을 켜는데,

　밤새 덮어놓아도 꺼지지 않는 불이 있어서 그 불을 지나
온 눈동자 같은 색
　밤새 흘려보내도 마르지 않는 물이 있어서 그 물을 건너
온 목소리 같은 색

　톱밥은 꽁꽁 얼어붙은 몸을 어떻게든 녹여보려고 털어
넣는 가루약 같은데,

　이렇게 눈이 내리면, *도대체 무엇으로 이 밤을 다 저을 수
있나*
　어떻게 팥죽처럼 끓어오르는 어둠을 달랠 수 있나,

난로는 점점 더 뜨거워지고……

그는 벽에 일렁이는 자신의 그림자를 인두로 지졌다

그리고 다시 톱밥을 던지며 이렇게 중얼거렸다, *누군가*
흰 눈을 던지며 도시를 태우고 있어
마침내 희미한 집들이 더 어두운 밤을 게워내는데

겨울이 아무리 뜨거워져도 난로는 타지 않는다

공터에서 먼 창

　내가 가장 훔치고 싶은 재주는 어둠을 차곡차곡 쌓아올리는, 저녁의 오래된 기술.

　불현듯 네 방 창에 불이 들어와, 어둠의 벽돌 한장이 차갑게 깨져도
　허물어지지 않는 밤의 건축술.

　검은 물속에 숨어 오래 숨을 참는 사람처럼,

　내가 가진 재주는 어둠이 깨진 자리에 정확한 크기로 박히는, 슬픔의 오래된 습관.

부재중

일주일 만에 돌아온

일요일 오후,

창문을 열고 탁자를 밀고 청소기를 돌리느라 전화가 온
줄 몰랐다. 미안해.

괜찮아. 일요일 오후는 청소기가 돌아가는 시간인데
뭘……

어디야?

청소기를 돌렸을 뿐이다. 한 무리 벌떼가 창문으로 날아
든 것처럼, 벌집 속에서 윙윙거리며

어둡고 긴 머리카락에서 흘러내린 머리핀을 집어삼키
는 구멍을 따라 집 안을 빙빙 돌았을 뿐인데……

다음에 보자.

일요일 오후는 사람들이 사라지는 시간이다. 윙윙거리
며 청소기만 돌아가는 빈집에서, 창문으로 쏟아진 벌떼가
이리저리 탁자를 밀고 다닌다.

침을 쏘고

침과 함께 한토막 내장까지 놓아버린 후

날아가다

벌떼 중에서 사라지는 벌처럼, 버스를 기다리다가 길을

걷다가 호수공원 벤치에서 치킨을 집어들다가

전화기를 놓고 사람들 중에서 사라지는 사람들……

쏘여서,

부푼다는 것은 빈 곳이 넓어진다는 것이겠지. 구멍으로 구멍을 채운다는 것이겠지. 어둡고 긴 머리카락으로 자라나는 고통의 텅 빈 실핏줄에 꽂아주는 머리핀처럼,

피가 나지 않아.

밤이 떨구고 간 아침 먼지들이 탁자 아래 엉겨 있는 모습처럼, 다시 일주일 만에……

우리는 보지 못한다.

창문을 닫고 탁자를 당기고 두리번거리며 머리핀이 어디 갔을까? 분명히 거기 있었다. 분명한

일요일 오후의 구멍 속에서,

전화기가

뒤집힌 벌처럼 윙윙거리며 돌고 있다.

인사동

본 적 없는 긴 뱀처럼 갑자기 쏟아지는 물,
짧게 흰 비늘을 보여주고 꼬리를 끌며 구멍 속으로 사라
지는 뱀,
수도꼭지를 잡고
나는 인사동 골동품점 앞에서 불상의 잘린 머리를 바라
보다 비를 만난 사람 같다
뱀의 목을 틀어쥐고 결심한다,
설거지를 해야지
뱀은 참 많은 색깔을 가지고 있어서 뱀이 헤엄치는 물은
결국 구정물이 된다, 너와의 일들처럼
사라진 곳에서 냄새를 풍긴다, 그렇다면 창문을 열고
빨래를 해야지
이것이 지워지는 일이라고 하면 믿을 텐가 뒤엉켜 돌고
있는 색들을 쪼그려 앉아 바라보는 일,
회오리치는 일

뱀은 더러워지는 것이 무엇인지 모른다 뱀은 벗은 허물
을 다시 입지 않는다

처음엔 불상도 제가 입은 옷을 어떻게든 빨아보려고 비
를 맞았겠지, 오늘은 날씨가 좋아
　벗을 수 없는 옷과 버릴 수 없는 옷에 대해 생각해
　이렇게 시작하는 편지를 쓰고 싶었다,
　아무리 허물을 벗어도 똑같은 무늬를 가진 뱀과 옷 한벌
을 벗느라 목이 잘린 불상이 있다고⋯⋯

　그리고 무심히 건너편 옥상을 바라보려면,
　수도꼭지를 잠가야지

내가 계속 나일 때

물이 끓는다
물이
사라지려 하고 있다
물
아닌 것이 되려 하고 있다
물
아닌 것이 되기 전에
사라지기 전에

보리차 티백을 넣는다,
베란다 화분에서 사철나무 잎 하나가 뚝 떨어지는 것처
럼 눈이 내리고

오래전 봄날, 곰을 잡고 곰의 두개골에 화장을 해 숲으
로 돌려보냈는데
그 곰이 하얗게 돌아왔다고

생각하는 내가 있다,

그때까지가 가을이었으니까

창밖 단풍나무 잎은 여태 지지도 않고 눈을 받고 있다 하
나의 발자국이 다른 발자국의 바닥을 잠시 견뎌주고 있다

아직 떠나지 않은 생각이 잠시 나를 받아주고 있다,
생각하면

몸은 신전처럼 더워지고 예배처럼 슬픔이 모여든다

그때까지가 생각이었으니까,

나는 그냥 살았을 뿐이다
나는 계속 나였다

내가 끓었을 때
그가 왔다

그리고 식어가는 시간이었다

사과

가을은 정오의 하늘 가운데 빨간 단추를 누르러 갔다

아주 오래된 가르침처럼

외진 골목에서 남녀가 풀어진 마음을 조율하기 위해 서로의 뺨을 때린다

때릴수록

나는 꽃들의 시간을 이해한다 모든 음부가 가진 빛깔과 붉은 향기에 대해서도

아주 오랫동안 켜져 있었다

왜 여름과 가을이 가을과 여름이 방을 따로 쓰지 않는지 몰랐다 왜 밤과 낮이
한몸으로 뒤엉켜 나뒹구는지

외진 냄새로 얼룩지는 저녁에 나는 도무지 알 수 없는

이유로 뺨을 맞았다

맞을수록

익어간다

왜 몸과 몸이 마음과 마음이 그 시간을 견딜 수 없었는
지 몰랐다 왜 너와 내가
그 방에 갇힐 수밖에 없었는지

가을은 정오의 하늘 가운데 빨간 단추를 누르러 갔다

곧 모든 것이 떨어져내린다

막

너는 공기 역할,
나는 바람이다
생각은 구름 속에 숨겨두고 간다
가는데,
무엇이 튀어나올지 몰라

소품들
구름은 지퍼가 고장난 가방,
톱이
망치가
자르다 만 각목이 삐뚜루 박힌 못을 달고, 저 아래

누가 지나간다,
머리 위로

만들다 만 생각들이,
내 연장들이

쏟아질까봐

나는 커튼 역할, 흔들림만으로 보이지 않는 공포를 하얗
게 말려 공중에 걸어놓을 수 있다
　떨어지고 부딪치고 부서지는,
　고통을
　공기의 접힌 주름 안쪽에 무수한 암전의 철사들로 감아
놓을 수 있다

　펼치면,
　커튼의 주름으로 떨어지는 비명들이

　한낮의 햇볕을 헝겊조각으로 찢으며
　소품들

　사랑한다고, 순간의 무지개로 걸려 있는 고백으로부터
　어떤 시체가 튀어나올지 몰라
　생각들,
　쏟아지는 역할을 위해 비린 내장만을 꺼내서 던져놓은
구름, 아래

지나간 사람이 지나간다
지나가다,

비를 맞는다

영화는 밤에 자는 낮잠 같다

극장은 처음 지어질 때부터 밤만 계속되는 곳이다. 마음의 수증기를 데리고 몸 밖으로 날아가는 목소리처럼…… 너의 이름을 읽고 있었다. 너는 죽었다. 그리고 다시 나타나 무대인사를 했다. 아름다운 밤이라고 했다.

한 아이가 길을 잃고 울고 있었다. 검은 우산을 펼친 것 같은 밤이었다. 아직 비는 내리지 않고 있었다.

그러나 네가 걷지 않은 밤은 없다.

그리고 네가 걷지 않을 밤도 없다.

어떤 사랑은 혼자서는 할 수 없는 것이라고 했다. 내가 아직 사랑하고 있으므로…… 그는 죽은 것이 아니다. 아름다운 밤이다, 아름다운 밤이다, 중얼거리며 집으로 돌아왔을 때, 거기 내가 살고 있었다. 뻔했다. 영화는 밤에 자는 낮잠 같다.

대합실

나는 그가 오는 모든 시간을 세시라고 부르는 사람입니다. 세시가 그를 데려온다고 믿는 사람입니다. 이 행성에 내리기 위해 멀리서부터⋯⋯

누군가 흔들어 깨보면 늘 그랬습니다. 세시에 도착하기 위해 졸업을 하고 직장을 잃고

그림자를 껴안고 누워 울었습니다. 그림자는 어느날 절벽으로 뛰어내린 자의 몸을 가지고 있습니다. 가장 먼 행성으로 떠나는 꿈으로부터⋯⋯

누군가 그를 흔들어주면 좋겠습니다. 그러면 부스스 일어나 차창처럼 절벽을 열고 바라볼 텐데,

세시는 얼마나 높은 곳을 지나갑니까? 떨어지면 흔적 없이 부서지는 높이에서

한무더기 별똥별이 나타났다 사라지면, 멀리 한무더기 세시가 보였다가 지워지고, 다시 한무더기 기다림이 등장해서 퇴장하지 않는⋯⋯

영원히 도착하지 않는 한무더기 그림자가 마치 추락을

멈춰놓은 절벽처럼

  새벽 대합실 창문을 환하게 밝혀놓을 때, 깜빡 잠든 꿈
속이라고 믿고 있습니다.

  나는 맨발로 도로를 달리고 있습니다. 붉은 행성이 뒤에
서 굴러오고 있습니다.

이유의 주인들

　너에게 그것이 있었다 처음부터 그것은 너의 것이었다
그것을 너에게 돌려주려고 나는 오랫동안 걷고 취하고 또
울었다 너의 것이었는데, 어느날 붉은 공 하나가 부드럽게
허공을 가르며 내 가슴팍으로 날아와서, 날아오는 동안 허
공이 묽은 반죽처럼 갈라지며 잠시 제 바닥을 보여주어서
나는 모두 돌아간 공원에서 여름 이불을 감고 누운 사람
의 가을을 맞았는지도 모른다 아니면 길고 빛나는 칼날이
허파 깊숙이 파고들듯이, 허파 속에서도 거친 숨으로 피를
닦으며 반짝이듯이 가을이 아파트 난간에 걸터앉아 저녁
을 휘젓고 휘저을 때, 노란 전등 아래 흔들리며 머리를 잡
아채는 슬픔에게도 나는 불지 않았다 그것은 사랑도 의리
도 아니지만 다만 너의 것이어서, 그것을 찔린 상처처럼
가슴에 품으면 붉은 피가 공처럼 굴러나온다 그 공을 집어
너에게 던지면, 허공은 또 묽은 반죽처럼 부드럽게 갈라지
며 제 바닥을 너에게 보여줄 테지 나는 그것이 싫었다, 네
기억이 그 저녁의 노을을 형장으로 떠올리는 것과 그 밤의
달을 머리 위 어지럽게 흔들리는 취조실 전등으로 걸어두
는 것, 그래서 돌려주지 못했다 언젠가 내가 검은 탁자 앞
에 잊은 듯 앉아 꿈인 양 네 눈을 바라본다 할지라도, 가을

이 우리로부터 끝내려고 하는 것과 작고 젖은 그늘을 빌려
계속 살려는 이유

고맙습니다

'고마워요'라고 하려던 말을 '고맙습니다'로 고쳐 하며,
탁자의 한쪽 모서리를 쥐고 있다. 탁자도 팔을 잃어버렸나
보다. 누구도 안을 수 없는 시간이 오래 흘러
 뾰족한 모서리로 남았을 것이다.
 말을 잃었을 것이다. 물을 엎질렀는데, 흘러내리지 않았
다. 이렇게 반듯해서, 침묵이 쏟아지지 않았다. 마침내 꼭
다문 입술로 조금씩 뒤덮여가는 탁자 앞에서

 의자는 어떻게 참을까? 누구도 붙잡지 않으려고 의자는
끝까지 팔을 감추고 있다. 입을 숨기고 있다. 어둠이 밤새
창밖에 서 있으면서도 제 눈빛을 들키지 않는 것처럼……
그리고, 바람이 봄나무 아래 떨어진 그 많은 말들을 다 지
우고, 오직 비를 빌려 하나의 꽃잎을 유리에 붙여놓은 것
처럼……

 아득한 공중에선 무슨 일이 있어났을까?

 이런 날은 꼭 누군가 벌떡 일어서며 탁자를 엎어버린 날
같다. 의자의 부러진 팔들이 나뭇가지로 흔들리고, 엎질렀

던 물을 담기 위해 바닥이 유리창을 기어오르고 있다.

　'미안해요'라고 하려던 말을 '미안합니다'로 고쳐 하며,
탁자 아래로 팔을 내리고 있다.

눈사람

미래? 정말로 그런 게 있다면 살고 싶지 않을 거야.

구원은 내가 원하는 것을 주는 방식이 아니라 내가 원했던 마음을 가져가는 것으로 찾아온다.

어둠이 너무 커,
어둠을 끄려고

함박눈만큼 무수한 스위치가 필요했겠지.

함께라는 말 속에 늘 혼자 있는 사람과 혼자라는 말을 듣고 늘 함께 있는 사람들 중에서
너를 일으켰을 때,

네 눈에 박혀 있던 돌멩이처럼

백마술

일생을 감옥에 갇혀 사는 사람에 관한 소설을 읽다가,
책을 불살랐다

그를 놓아주려고!

종이와 불꽃과 연기가 만나면서, 헤어진다 —— 헤어지며,
자신조차 남기지 않는다

이별로부터

신비가 지상을 떠나며,
꽃과 뱀과 자정으로부터 다 걷어가지 못한
사랑이

스스로 들어가 자신을 가두는 곳,

몸으로부터

그림자 섬

낮 동안
낮게 끌려다니던 그림자가
밤이 되자, 나를 커다란 보자기로 싸서
들고 간다.

그림자는 어느 생에서 내가 절벽으로 밀어버린 연인이
었을 것이다. 어느날,
몸을 잃고 흘러다니는 물일 것이다.

너무 부드러워

손을 저어도 느껴지지 않는 어둠의 살,
차가운

잠의 구멍으로 나는
꿈을 본다.

물속에 빠져도 낮은 낮이고 밤은 밤인데, 사람은 왜 시
체일까? 잠 속에 빠져서

꿈은 시체의 삶일까? 꿈속에 빠져서

어둠속에서도 모두가 색깔을 가지고 있는 것이 신비로
웠다. 만지지 않는데도 느낌이 남아
　있다는 것이,
　죽은 후에도 이름을 가지고 있다는 것이

아름다웠다.

삶은 시체의 꿈일까? 불을 켜듯
　누군가 그의 이름을 부르고……

언제나 부르는 사람의 바닥이 가장 깊어서 그 아래 낮에
도 고여 있는 밤처럼,

꿈처럼
　그의 대답이 들리고…… 어디야? 물에서 빠져나오듯 잠
을 깨 두리번거리면,
　미처 물에서 빠져나오지 못한 목소리처럼

듣는

빗방울.

빗방울에도 얼굴이 있다는 것이 신비로웠고, 목소리에
도 해변이 있다는 것이 아름다웠다.

이 슬픔엔 규격이 없다

밤, 비에 젖는 발자국을 한장씩 걷어와 차곡차곡 너를 쌓아올려보지만, 바닥에 음각으로 찍힌 발자국은 포갤수록 사라지는 풍경의 마술. 아래층에서는 꼭 무엇을 본 것처럼 아기가 울고 있지만, 웅덩이에 잠겨 있는 발자국처럼 거기 빨갛게 가라앉은 낙엽처럼. 순서를 기다리는 꿈이 살 수 없는 사람으로 흩날리는 잠 밖에서,

한가지 일은 그리워하는 것. 다른 한가지는, 잊는다.

착하고 좋은 사람들

한사람이 죽었는데
흰 상마다 네개씩 죽음이 태어나는 저녁,
둘은 싸운다.
죽은 아이의 울음소리처럼 붉은 육개장 앞에서
개뿔!
둘은 우는데,

너무 투명해서 어두워지는 밤처럼

바다를 바다로 메울 만큼 비가 와.

죽음은 돌잡이로 무얼 잡을까? 실타래는 됐고 마이크면
좋겠다. 크게 떠들며, 둘은 웃는다.
미친!
둘은 마신다.

비 오는 들판 가득 타오르는 촛불을 평생 끌 수 없어서,

우리는 아이가 없습니다.

그래도
자라서,

어느날 걸어오겠지. 내 팔의 정면으로
자라서

어느날 말을 하겠지. 어느날은 지독한 꿈을 꾸고 저를
삶 속에 던져버리는 날도 있어서,
싸울까?
자꾸 새로운 첫사랑이 시작된다고 어느날은 새우젓 접
시에 수육을 찍으며, 보고 싶다.

문을 걸어잠근 채,
울겠지.
나는 아이의 방 앞에 오래 서 있을 것이다. 기쁘다고 말
하며 울고 슬프다고 말하며 웃는 사람들처럼.

몽상가

포옹할 때는 모두가 공산주의자다.

비를 맞고
팽팽한 빨랫줄처럼 서로를 서로만큼 당기는 것이다. 노을처럼 걸리는 것이다.
조금씩 청춘의 잔을 비우는,

바람의

이야기. 비가 오는 날에도 어딘가에선 노을이 진다. 매 순간, 저녁이 오는 곳은 있으니까. 누군가 노을을 보며 말하겠지. 꼭 비에 젖는 기분이야.

그러고는 늙어버린 나를

빨랫줄에서 내려주겠지. 가슴으로 팔을 모아 개켜서는 시간이 빠져나간 옷 위에 가만히 포개놓겠지.

꿈이었을까?

몸이었으니. 일어서면 나란히 서는 두 다리처럼

결국 툭 떨어지는 팔처럼.

그래서 가끔은 팔짱을 낀다. 왼팔과 오른팔을 서로 감으면, 혼자 하는 포옹은 또 포로 같아서
그때는
꼭 묶인 것 같아서,

계급 같아서

고독은 매순간 어딘가에서 저녁을 따라 도는 노을이 되고, 이야기가 되고
청춘의 당원들을 끌고 가는 비처럼

바람이 오고 바람은 간다.

노랑에서 빨강

나는 생각 앞에서 멈추고 잠을 통해 지나갔습니다.

비 앞에선 뛰었지요.
그러나

아무리 살펴도 건너편이 보이지 않아서, 오늘을 건너갈
수가 없습니다.
이런 방황에 대해서도 살았다고 쳐주는 겁니까?

다시 살지 않아도 되는 겁니까?

오늘은 내가 죽으면, 누군가 해야 할 일을 남기지 않기
위해 머리를 감을까 합니다.
아,
이 방은 내놔야겠지.
몇권 책은 마두도서관에 기증하고 일기와 편지를 태우
고 인사를 해야지. 안녕히,
다음엔 뭐가 남나?

오늘이기를 멈추지 못하는 오늘에게 자연사라는 말은
참 아름다운 것 같습니다.

날개 없이 날아가는 것들에게만 가능한
일
같습니다.
마음처럼?
이를테면,
사랑과 슬픔과 분노.

그것이 중력이라면,

도대체 내가 던진 돌은 언제 땅에 떨어진단 말입니까?
저 달은 언제 땅에 떨어진단 말입니까?
누가

저 큰 돌을 던졌습니까?
돌이

어딘지 모를 오늘을 날아가다 그만, 사랑이 무엇인지 잊
어버리고
슬픔이 무엇인지 분노가 무엇인지
잊어버리고

비가 되어 떨어지는 거라면,
비를 맞고

아플 때, 비로소 알게 됩니다. 내 속에도 신이 있구나.

나는, 잠겨 있구나.

죽음은 우리 몸의 홍수가 오늘을 데리고 문 너머로 사라
지는 일일 테니까.

창 너머엔 오래전 내가 던진 돌멩이에 아직도 깨지고 있
는 밤하늘이 있습니다.
눈을 감고,
어느날 나는 보았습니다. 바다를 헤엄치는 수많은 눈사

람들을. 어느날 나는 보았습니다. 그들이 강물에 새겨놓은 투명한 발자국들을. 구름의 평온과 거름의 해방처럼 새들의 안식과 지렁이의 자유처럼, 언젠가 오늘을 건너갈 수 있다면,

　나는 생각 속에 몰래 머리를 숨겨놓을 것입니다.

숨, 몸, 꿈

인형을 부풀리기에 적당한 말,

공기.

내가 걸어가는 공기 속에서 왼쪽과 오른쪽이 잠시 갈라
졌다가 돌아보면, 다시 합쳐져 나를 바라보는 공기가 있다.
오랫동안
우리는 서로를 가두고 있었다.

내 몸에서 나온 공기로 너를 채우는 형식이거나 네게서
나온 공기로 내 몸을 채우는 방식이었다.
꼭 숨이라는 말로 가득 찬 물속 같았다.

아무리 걸어도 서로를 지나갈 수 없었다.

왼쪽에 있다고 쳐다보면 오른쪽에 있거나 오른쪽에 없
다고 돌아보면 왼쪽에 없었다.

이쯤에서

나를 너의 생각으로부터 꺼내줬으면 한다.
탈탈 털어서 널어줬으면 한다.

공기 속으로 공기를 날려보내는 일.

빨래가
희다.

하얀 것들을 보면 아기가 생각난다. 왼쪽과 오른쪽이 사
라진 수평선이 생각난다.
하얀 것들 속에는 아무것도 없는 것 같다.

하얀 수평선을 긴 포물선으로 당기며 아기가 부풀어오
를 때 누군가 뾰족한 말로
펑, 터뜨렸다.
바닥에 떨어진 빨래처럼 우리는 주저앉았다.

지나간 일

그리고,

사물들, 책과 자명종과 크로톤의 전부인 화분과 오래 건
너편인 창문과 비껴진 커튼까지

눈 없는 것들이 눈을 뜨고 나를 본다.

입 없는 것들이 입을 열고 말을 한다.

그것들,

내 몸속 피의 호수에 던져져 한순간 일었던 해금이 다
가라앉기까지,

내 몸이 어둠을 붉게 뚫어놓을 때까지

내 몸으로 어둠이 모두 새나갈 때까지

그리고,

사물들, 굴뚝과 구름과 분명 만났으나 영원히 보이지 않는 바람과 영원히 보았던 마음에서

　눈 없는 것들의 눈이 사라지고
　입 없는 것들의 입이 사라지고,

　보는 것들이 보는 곳으로 돌아가고 말하는 것들이 말하는 곳으로 돌아가고

　너 없는 세상에서 다시 네가 사라진다.

화요일의 생일은
화요일

아무도 시간에게 물을 주지 말았으면 좋겠다. 그의 옆구리 물통이 텅 비도록.
달리다가 목이 마르고

주저앉도록.

화요일엔 아무도 만나지 않는다. 가끔 고향에 가고
노모에게 거짓말을 하고
밤길을 달려 돌아오지만 아무것도 남지 않는 백미러처럼, 누구도 만난 것 같지가 않다.

꿈을 꾼 날엔,
일어나
우두커니 어둠 가운데 앉아 있기도 했다.
무인도처럼?

그것은 한번도 발견되지 않았다.

어떤 지도에도 화요일은 없었다. 건너편에서 누군가 큰

소리로 묻는다.

어디로 가야 일요일이 나옵니까?

지나온 것 같은데…… 그러나 어느 쪽이었다고 말할 수 없는

텅 빈 바다의 이미지.

편지를 쓸 수는 있다.

비가 옵니다.

하늘 어딘가에서 누가 날개 없는 새들을 낳고 있습니다.

비가 옵니다.

물고기들을 토막 내 던지고 있습니다. 가장 먼저 내 창문이 망하고, 보이지 않는 곳에서

강물이 망하고,

사람들?

그들은 보이지 않습니다.

달과 칼

달과
칼,
왠지 닮아 있어서

밤이 깊숙한 칼집 같다고 문자를 보낸다. 수없이 찔리고
도 한번도 베이지 않는 칼집 속으로

칼이 들어오고 있어.

피가 묻어 있어. 어머 저 별 좀 봐.
예쁘다.

예뻐서, 어느 나라에서는 달 대신 칼을 그리고 높은 깃
대에 달았나보다.
아침마다 피 흘리는 사람들이 귀신처럼 서서 죽은 아이
를 쳐다보는 나라.

사실 칼집은 당한 채 태어났다.
죽은 채 태어났다.

시체로 태어난 시체에게 물었지. 아파? 네 몸에서 별을
봤거든.

밤에게

죽어서도 아파? 엄마를 물었지.

그래서 밤의 어딘가에는 늘 울음이 있지만,
다시 쓴다.
달이 뜨고, 누군가 우물 속에 던진 칼이 어두운 바닥에
서 반짝이는 밤이야.

잘 지내자.

그해 안부

익사한 신의 제단에는 물이 필요한가 불이 필요한가? 이것은 거북이의 흰 수염에 관한 이야기거나 바다사자의 눈망울 그 불길에 관한 이야기가 아니다. 얼음으로부터 물을 구원하기 위해 생선을 녹이고 물로부터 물고기를 구원하기 위해 생선을 굽는 이야기. 눈물을 흘린다는 것이 우리가 바다에서 왔다는 간증이 아닌 것처럼 잠을 잔다고 해서 우리가 죽음을 학습할 수 없는 것처럼 죽음을 졸업할 수 없는 것처럼, 이것은 신앙에 대한 이야기거나 인생에 대한 이야기가 아니다. 그러나 식사가 끝나고 슬픔이 끝나고 오로지 죽음만이 끝나지 않는 저녁이 와 우리가 제 피 속에 빠져 익사하였을 때, 우리는 수장된 것인가 화장된 것인가?

슬픔이 어디론가 가고 있었다, 운구의 조용한 행렬처럼.

그것을 낙엽이라 부를 수 없었다.

다만
알 수 없는 것이 텅 빈 시간을 찔러, 몸이라는 상처를 남

졌다는 것을,
　몸이라는 압정에 박혀

　영혼이 날아가지 못한다는 것을,

　알았다.

　그리고 하나의 시체에 꼭 하나의 죽음만 달라붙어 있는
게 아니라는 것을.

저지르는 비

  울음 속에서 자신을 건져내기 위하여 슬픔은 눈물을 흘려보낸다
  이렇게 깊다
  내가 저지른 바다는

  창밖으로 손바닥을 편다

  후회한다는 뜻은 아니다
  비가 와서

  물그림자 위로 희미하게 묻어오는 빛들을 마른 수건으로 가만히 돌려 닦으면

  몸의 바닥을 바글바글 기어온 빨간 벌레들이 눈꺼풀 속에서 눈을 파먹고 있다

  슬픔은 풍경의 전부를 사용한다

얼음은 깨지면서 녹는다

세상의 모든 돌은 언젠가 비석이었거나 비석이 될 것이다.

돌을 녹이는 불이 있다지만

시간이 데려간 글자들이 바람에 새겨져 있을 것이므로,
내 숨으로 드나드는 그들의 일생 또한 끝나지 않았다고 믿
는다.

차고 누런 달이 떠서 어두운 창문을 모두 끌고 가는 것
처럼 혼자인 밤을 끌고 저 빛의 어둠속으로 가는 것처럼,

사라진 시간의 그림자.
죽음,
슬픔,
분노.

어둠속에서는 항상 인간이 깨지고 있다. 이번 생의 시절
을 모른 채 서둘러 내게 온 청춘처럼,

그 방 유리창에는 돌멩이가 날아온 흔적이 있다.
거절된 고독이 있다.

겨울은 배를 뒤집은 채 하얗게 떠오른다.

그러나 이제 시간의 배를 따는 일 따위는 하지 않는다.
모든 물고기는 결국 익사하고

고독은 해부되지 않는다.
다만

깨진 유리창을 닦다가 손을 베였을 때,
뒤편으로 멀어지다 그대로 밤이 되는 눈동자 속 지진으
로 뻗어가는 핏줄처럼

지금은 누군가 뭉쳐 던진 달 하나의 밤.

내가 한걸음 나설 때, 모두가 움직인다.

내가 한걸음 나설 때
　안개라는 부스러기,
　희고 거대한 바위가 시간의 협곡 속으로 천천히 굴러가
는 모습이 보인다.

　세상 어딘가에 바다라고 불리는 익사자들의 거대한 무
덤이 있다고 들었다.

　어떤 몸은 천천히 쏟아진다.

대대적인 삶

여기는 연인의 장례식에 참석한 무신론자의 몸속과 같다
슬픔은 대규모로 일어난다

입구는 언제나 열려 있다
뛰어들어라
거리는 기도할 수 없는 자들의 예배당
예 배 당
세 글자를 발음하면 슬퍼진다고 말하던 사람이 있었다
기도가 없는
믿음에 붙여진 세례명

슬픔이 그의 입안에 둘러앉아 눌린고기를 떼어내
어두운 동굴 속으로 던진다

거기
까마귀 울음으로 칠한 밤의 제단에 납작하게 혀를 쌓아
올리는 자는 누구입니까
하얗게 꿈틀거리는 자는 누구입니까
여기도

바닥이 있습니까

텅텅 울리는 목소리가 답했다

누구입니까
누구입니까
있습니까
그러나 있다 여기는 닭의 살이 꼬챙이에 꿰어져 익어가
고 소의 등가죽이 손잡이를 달고 있고
촛불을 든 사람들이 마스크를 쓰고 걸어간다
이 거리를 지나면

십자가 가위를 치켜들고 밤새 검은 머리를 자르는 예배
당이 커다란 입을 벌리고 서 있다

여기는 들어간다는 말의 출구

슬픔을 눌린고기로 썰며
뛰어들어라

기도할 수 없는 자들의 예배를 위하여 어떤 촛불에는 신발 자국이 찍혀 있다

이별

    용산역에 내렸을 때 보았다 철로 위에서 마지막까지 내려오지 않는 기차를

내가 쓰러져 꿈꾸기 전에

죽음이 인생을 엿보려고 사람에게 사랑을 심어놓았다.
첩자로 키워놓았다.

나는 신들의 플러그를 다시 꽂는다.

내 분노를 전하기 위하여 ── *아직 내게 남은 재앙이 있
다면*
 오늘 자정이 가기 전에 보내주기를.

우리를 깨뜨릴 이 돌멩이를
주목하지 않을 수 없다

김나영

1. 우리는 연약한 이름이다

> 모두가 자신이 아니라고 하면 우리는 누구를 위해 모
> 인 것일까.
> ──「사랑」 부분

 '우리'라는 말은 언제나 이상하다. '너'와 '나'를 하나로
묶는 그 이름은 매순간 서로의 합의를 전제로 쓰이거나 말
해지는 게 아닌 이상, 일정치의 기만을 포함하고 있기 때
문이다. 사람들은 누군가가 자신을 향해 '우리'라고 말할
때 그 말에 담긴 호의와 애정을 우선시하면서 오히려 그
호명 행위로 인해 발생한다고도 말할 수 있는 상대에 대한
거리감, 어떤 사이에서나 수반되는 관계 자체의 불완전함

167

과 불안정함에 대한 자각을 회피한다. 이것이 감정의 역할이라면 이 일이 행해지는 동안은 거의 순간에 가까운 것이어서, 예민하지 않은 누군가는 자신이 그 순간을 회피하는 줄도 모른 채 그렇게 한다. 결국 '우리'라는 말은 쓰일수록 우리를 거부하게 만드는 감정을 누적하게 하기도 한다. 함께하고 싶은 마음이 '나'를 '너'에게 속하도록 했으나, 그 부름의 부적(不適)함이 어디에도 당도하지 못하는 마음만을 오래도록 만들어낸 것이다.

이런 마음에 관해서라면 신용목의 이번 시집에서 수록된 차례에 따라 「우리 모두의 마술」에서 「우리라서」까지를 읽어보면 된다. 도시의 고층 빌딩들과 그것들이 지닌 수많은 유리창이 있고, 어쩌다보니 그 풍경 속으로 속절없이 끼어들어간 사람이 있다. 그에게는 노랗게 불 켜진 가로등과 창문이 있던 어떤 밤에 대한 슬픈 기억이 있다. 그 기억은 하필 그 수많은 가로등과 그보다 더 많은 유리창의 낯선 시간 속에서 상한 노른자처럼 하릴없이 풀어진다. 그 때로부터 오래 멀리 온 것 같은데 문득 지금의 "백미러 속에서 누군가 달려오고 있었다"(「우리 모두의 마술」)고 느끼는 사람의 마음, 그 마음의 상처를 알아볼 수 있겠는가. 누군가의 마음이라는 것, 그것이 지닌 고유한 상처만큼 불분명한 것이 또 있을까. 하지만 확실한 것은 누구에게라도 삶의 분명함은 무엇보다 그 불분명함으로부터 돌연 자각된다는 점이다. 어느날 무심코 지하철 출구를 빠져나왔을

168

뿐인데, 그곳에서 마주하게 된 풍경이 문득 이전의 어떤 풍경을 소환하고, 이런 한 순간에 한사람의 마음이 두려움과 불안으로 부서질 수 있으며, 그러한 경험이야말로 '나'를 '인간'에 속하게 한다는 것을 신용목은 포착한다. '우리'는 인간의 다른 이름이고, 인간은 이처럼 치유되지 않는 기억으로부터 소환되는 '나'에게서 거듭 생겨나는 환상과도 같다("깨진 유리 속이면 사람은 한명으로도 군중을 만든다. 인간은 끝나지 않는다.", 「우리 모두의 마술」).

인생, 혹은 삶이라는 것이 '우리'라는 환상으로 지속가능하다는 것임을 알아버렸을 때 '나'의 이름 역시도 '우리'라는 말처럼 정체가 분명하지 않은 무엇이 된다. 가령 죽은 자에게 산 자의 이름을 붙이고, 산 자를 죽은 자의 이름으로 부르는 장면은, 그것이 존재에 관해 무엇도 설명해줄 수 없는 것이라는 이름의 허위를 노출하는 동시에, 호명이라는 행위에 깃든 어떤 시간성에 대해 생각하게 한다. 다시 말해, 누군가가 누군가를 특정한 이름으로 부르는 일은 그렇게 부를 만한 사연의 누적을 만들고, 부르는 자와 불리는 자의 관계라는 사적(私的) 역사를 형성한다. 이름은 부르는 순간에 지워지지만 그 지워짐으로 인해 누군가와 누군가의 눈이 마주치게 하고, 누군가가 누군가에게 응답하게 한다("인생이 가능하다면, 오직 부르는 순간에 비가 그치고 무지개가 뜨는 것처럼/사랑이 가능하다면,/죽은 자에게 나의 이름을 주어도 되겠습니까?", 「공동체」). 그렇게 이름은 보고 싶은 사람을 계속해서 그리워하게 만드는 마음의 원리이자 표현이기도 하다.

그런 마음에 관한 것인 한 '우리'라는 말은 '나'의 안녕을 보장하지 못하는 말이다. '우리'는 "나라고 이름 붙인 장소에서"(「절반만 말해진 거짓」) 불려나온 '나'이기도 해서, 언제나 막차 시간을 신경 쓰고 잘못된 곳에 도착하게 될까봐 걱정하며 끝내 자신을 수습하지 못할까봐 불안해한다("우리는 늘 전파의 거리를 줄이거나 늘이면서 잘못 든 길을 달리는 중이고,/어디에 내려도/거기가 도착지는 아니니까. 잘 들어갔다고 믿으며", 「우리라서」). 밝은 곳에 모여 앉아 박수를 치면서도 우리의 시선은 아무도 없는 어두운 창밖을 향한다("누구나 한번쯤 창밖을 본다. 미처 챙기지 못한 우산 때문이라고 해도……", 「사랑」). 신용목의 이번 시집에서 유리와 우리는 자주 혼동해서 읽힌다. 유리를 끼운 창은 안팎을 통하게 하는 동시에 그 사이에 '나'를 비춘다.

2. 너에게 돌을 던지다

이 시집의 제목은 '날아간 돌멩이'나 '던져진 돌멩이'여도 되었을 것 같다. 어딘가를 향해서 돌멩이를 던진 일에 얽힌 서사는 다양한 이미지를 거느리고 변주되며 적지 않은 시에 반복해서 나타나기 때문이다. 오래전에 던져진 돌멩이는 지금도 여전히 허공에서 날아가 떨어지는 중이다. 신용목의 시에서 그때와 지금이 엄밀하게 구분되지 않는 것은 이 때문이다. 그때의 그 창문은 모든 유리창과 구별되지 않고, 무언가를 향해 돌멩이를 던질 수밖에 없었던 심정적인 상황은 여전히 해소되지 않고 그의 시간을 채우며 허공이라는 공간으로 통칭된다. 다시 말해, 신용목의 시집 속에서라면 허공은 그때와 지금을 아우르는 시간성을 품은 공간이며, 유리창은 허공의 심정을 대변하는 과녁으로 도처에 있다.

하지만 여전히 떨어지고 있는 돌멩이라고 했다. 오래전에 그의 손을 떠난 힘, 다시 주워 담을 수 없는 돌멩이의 운동은 신용목의 시에서 무시할 수 없는 무게감으로 현실의 한 부분을 거듭 진동하게 한다. 수평이나 수직을 맞추며 안정감 있는 프레임을 구성하는 카메라 렌즈 속의 세상에 빗대어 본다면 현실은 프레임 내의 균형감을 유지하면서 연속되는 상(像)으로 구성된다고도 할 수 있겠다. 신용목 시의 현실에서라면 돌멩이는 현실의 기울어진 상태를 가늠하고 교정하는 추(錘)의 역할을 한다. 그 돌은 오래전 슬픈 손으로부터 던져졌고(「절반만 말해진 거짓」), 그후로는 바람처럼 가벼운 스침에도 "돌멩이가 날아오는 것만 같"(「송별회」)은 무게와 타격을 감지하게 한다. 언젠가부터 그 돌멩이는 나이를 먹어가는 자신의 일부가 되어서("날아가는/돌에서 백발이 자라는 것을 보았다", 「자작나무」) 그것이 허공에서 슬픔과 원망과 체념과 간곡의 형태로 떨어지고 있는 한 자신의 삶도 지속되는 것이라고 믿게 되는 고유한 삶의 계기(計器)로 기능한다. 원망의 대상이 자신이기도 했을 삶의 한 시기에 우연의 형식으로 시작된 돌멩이의 운동은 생(生)이라는 일방향적인 시간의 지속과 궤를 함께하면서 ("도대체 내가 던진 돌은 언제 땅에 떨어진단 말입니까?", 「노랑에서 빨강」) 저마다가 벗어날 수 없는 삶이라는 필연성 속을 헤매게 한다.

움직이는 것에 대해서는 언제든 달리 말할 수 있겠으나, 신용목 시의 지금은 자기가 던진 돌멩이의 궤적을 추측할 수 없다는 비의(悲意)에 사로잡혀 있는 듯하다. 그 아픔과 슬픔의 핵심이 내가 던진 돌이 내가 원하는 방향이나 목적을 정확하게 지시하지 못한다는 데 있다는 말이다. 돌을 던지는 일은 단지 하나의 돌을 허공에 띄우는 일이 아니다. 돌 하나는 그것이 내 손끝을 떠나 날아가는 순간까지도 미처 정리하지 못한 나의 감정과 생각의 어지러운 파동이 그것이 날아가는 강도와 각도를 미세하게 결정한다는 것을 보여준다. 내가 알지 못하는, 혹은 이후에 알게 되더라도 결코 어쩌지 못하는 그 결정의 요소들은 신용목의 시에서 자주 운명처럼 그려진다. 종교적인 신념과 무관하게 모든 이들이 살면서 한번쯤은 대결하고자 하는 그 모든 것들의 자리에 운명이 놓일 수 있을 것인데, 신용목의 시에서 이 운명은 내가 원하지 않는 결정이라는 종료된 국면이 아니라 내가 원하지 않는 결정으로 귀결될 것만 같은 진행형의 예감이다. 모종의 심리적인 갈등 상황에서 어김없이 등장하는 신은 특정 종교의 교리나 문법에 따르는 존재라기보다는 모든 종교적 신념을 아울러 말할 때의 믿음에 가깝다. 신용목 시의 아프고 슬픈 예감은 이 믿음에 깃든 역설과도 연관한다. 그가 그리는 삶이란 독신(篤信) 아니면 불신이라는 양극단의 역설 속에서 어느 편에도 귀착하지 않는 것이기 때문이다.

겨울은 호수를 창문으로 사용한다

그래서 호수에 돌을 던진다

네가 창문을 열었을 때 그 앞에 내가 있었으면 좋겠다,
생각하면서

오후의 까페에는 냅킨 위에 긁적여놓은 글자가 있고
연필은 언제나 쓰러져 있다 차갑고 어두운 것을 흘려보내고 난 뒤에, 남는 생각처럼

태양은 연필 뒤에 꽂힌 지우개 같지만 문지르면 곧잘 호수를 찢어버리지

바보처럼 깊이에 대해서 묻지는 말자,

왜 생각 속은 늘 차갑고 어두운 것일까 생각하면서

까페를 나와 호수공원을 돌고 있다
                                        —「차갑고 어두운」부분

"해마다 스무구씩 시체가 건져"진다는 호수를 바라보면
서 그것이 정말인가를 묻고 생각하는 사람이 "정말" 알고
싶은 것은 무엇일까. 혹은 그 진위를 당장 확인할 수 없는
사실 앞에서 그가 "무서워"하는 것은 무엇일까. 생기 넘
치는 현실의 "공원"과 그 안의 호수와 그 아래 감춰진 수
많은 죽음이 어우러져 빚어내는 기묘한 평화와 안식에 관
해서라면 그처럼, 뭔지 모르겠지만 알 것 같기도 한 느낌
의 표현에 공감할 수 있을 것 같다. 하지만 이 수상한 장소
에 공존하는 것은 그뿐만이 아니다. 까페와 공원, 냅킨 위
에 적힌 글자와 머릿속에 남은 생각들, 글자를 적지 않을
때에는 쓰러져 있는 연필과 생각에 관해 생각하면서 공원
을 돌고 있는 자. 이들의 분명한 구분은 하나를 생각할 때
다른 하나는 생각할 수 없는 것, 하나를 기억으로 떠올릴
때 다른 하나는 망각으로 가라앉을 수밖에 없다는 것이 생
각의 사정이라는 것을 보여주는 듯하다. 마치 호수의 깊이

를 묻기 위해 던져진 돌멩이가 얼어붙은 수면 위에 떨어져 "뱅글뱅글 돌고 있"을 때 비로소 그 자리가 누군가에게는 바닥이 아니라 천장이 될 수도 있을 것이라고 생각하게 되듯이 말이다.

정말 무서운 것은 나의 생각이 늘 한편에 치우쳐 있다는 그 "차갑고 어두운" 사실이 아닐까. 한행씩 비우며 띄엄띄엄 쓰인 이 시의 구절은 그 사실에 직면한 자가 생각의 부족과 과잉 사이에서 더듬거리며 꺼내놓는 말처럼 보인다. 겨울 호수가 창문처럼 보이고, 너의 창문에 돌을 던지듯 그곳에 돌을 던져보고, 너에 대한 그리움을 냅킨 위에 긁적였다가 이내 지우고, 그러다가 냅킨을 찢어버리고, 적은 생각을 지우다가 남은 생각을 적을 곳을 잃어버린 어리석음을 후회하면서 "왜 생각 속은 늘 차갑고 어두운 것일까 생각하면서" 제자리로 돌아올 걸음을 걷는 자는 결국 생각은 자신 속에 들어 있을 때에만 온전한 생각으로 보존될 수 있다고 여기는 듯하다. 자기 안에 있기 때문에 "늘 차갑고 어두운" 생각은 밖으로 꺼내놓는 순간에 물에 불은 시체나 "안개 속에서 한걸음씩" 나타나는 사람처럼 끔찍하다. 하지만 그보다 더 무서운 것은 그것이 누군가에게는 무감하고도 무의미한 것으로 여겨질 수도 있다는 사실이다("생각 위에 글자를 쓸 때마다 금방 낙서가 된다").

밖으로 꺼내어진 자신의 생각조차 믿지 못하게 되었을 때 누군가는 그 안팎의 구분을, 어떤 경계를 무화하고 새

롭게 구축하는 방식으로 시를 쓴다. 호수의 수면이 누군
가에게는 바닥이고 다른 누군가에게는 천장일 수 있듯이,
호수에 담긴 것이 누군가에게는 삶이고 다른 누군가에게
는 죽음일 수 있듯이 말이다. 그런 의미에서 이 시집에서
중요한 표지처럼 등장하는 '유리창'과 '돌멩이'는 시인이
모두의 기울어진 삶에 건네주는 선물인지도 모르겠다. 내
앞에 주어진 것이 이 두가지뿐이라면 나는 유리창을 깨뜨
리지 않을 수 있을까. 그런 생각으로 남은 시를 마저 읽어
본다.

3. 나는 내 안에서 빠져나가지 못한다

「개와 산책하는 비」에서 그는 어쩐 일로 잠을 설치고 날
이 밝자 공원을 산책할 요량으로 밖으로 나온다. 집을 나
온 그가 마침내 "정발공원"에 도달했는지, 그 공원에 있는
"공중걷기 발판 위를" 걸었는지를 물을 필요는 없을 것 같
다. 그에게 집 바깥은 모든 곳이 공원이고 공중이다. 마치
구름의 걸음처럼, 바깥의 걸음은 현실의 중력과는 무관하
게 이리저리 흘러다닌다. 그러다 그의 걸음은 공원 한 귀
퉁이에 있을 놀이터 안 그네 위에서 잠시 멈추기도 한다.
그는 웃으며 아이에게 그네를 양보하지 못한다. 손수건으
로 입가를 훔치는 할머니를 보며 그는 자신이 "아무것도

먹지 않았"다고 생각한다. 산책 나온 개를 보고 괜한 심술을 부리다가 혼자 머쓱해한다. 그는 머뭇거리고, 억울해하고, 혼자서 화를 내고, 아무도 들을 수 없는 변명을 한다.

이 시가 인상적인 것은 이 시집을 관통하는 메시지가 그를 통해 잘 형상화되어 있기 때문이다. 말하자면 '내 속에 있는 것'에 대한 물음들. 생각도 느낌도, 그로 인한 거의 모든 사건들—그것이 실제로 있었던 것이든 가상에 불과한 것이든—이 회피할 수 없이 자기 자신에게서 비롯된다는 사실이 이 시집 속의 '그'들을 사로잡고 있다. 내 안에 도대체 뭐가 들어 있기에 나는 이토록 고통스러운가. 간단하게 말해 이것은 잠을 이루지 못하는 자가 밤새 자신을 괴롭힌 생각 하나를 향해 던지는 질문일 수도 있고, 자신의 피와 살에 관한 유전적인 성향이나 성질에 관한 원초적인 질문일 수도 있다. "톡톡 바닥에 떨어진 매미를 발끝으로 건드리며, 죽었나 살았나" 확인하는 그의 행동과 뒤에 이어지는 "조금씩 비가 듣는데, 이제 제가 운 울음 하나 건사하지 못하나" 하는 그의 직감과 물음은 그러한 질문들을 아우르고 있다.

죽음을 군이 건드려보는 그의 행동에서 신용목 시 특유의 육체에 대한 상상력의 발휘를 엿볼 수 있다. 이 시집에서 물기 빠진 텅 빈 육체는 죽음, 반대로 물기를 담은 육체는 삶이라고 요약할 수 있다. 모든 생명에게 생과 사를 잇는 한 단위의 시간은 "제가 운 울음 하나"이거나 물기 없이 바싹 마른 육체로 나타난다. 그렇기 때문에 때로는 제 그림자를 보고 "몸을 잃고 흘러다니는 물일 것"이라고 생각하기도 하며, "손을 저어도 느껴지지 않는 어둠의 살"인 그것은 "어느 생에서 내가 절벽으로 밀어버린 연인"(「그림자 섬」)처럼 비현실적인 슬픔의 육체로 여겨지기도 한다. 그러므로 신용목의 시에서라면 그의 슬픔과 울음과 바다와 비와 물에 젖은 풍경은 엄밀하게 구별되지 않는다.

　울음 속에서 자신을 건져내기 위하여 슬픔은 눈물을 흘려보낸다
　이렇게 깊다
　내가 저지른 바다는

　창밖으로 손바닥을 편다

　후회한다는 뜻은 아니다
　비가 와서

　물그림자 위로 희미하게 묻어오는 빛들을 마른 수건으로 가만히 돌려 닦으면

　몸의 바닥을 바글바글 기어온 빨간 벌레들이 눈꺼풀 속에서 눈을 파먹고 있다

슬픔은 풍경의 전부를 사용한다
　　　　　　　　　　　　　　　—「저지르는 비」 전문

　낮의 작은 그림자와 다르게 밤의 기다란 그림자가 어둠
과 합심하여 커다란 보자기처럼 펼쳐져 자신을 둘러싸고
움켜쥐어 모르는 어디론가 데려갈 것만 같았다면(「그림자
섬」), 이 시에서의 그림자는 낮과 밤의 경계와 무관하게 존
재하는 어떤 존재에 대한 증명처럼 보인다. 물그림자는 수
면에 비치는 사물의 형상을 의미하는데, 그 아른거리고 흔
들리는 존재는 빛이기도 하고 어둠이기도 하다. 어둠을 이
기고 수면에 비치는 빛이기도 하고, 빛을 흩어놓는 어둠이
기도 하다. 어쨌든 그림자가 반영하는 존재는 그 속에 무
언가를 담고 있다고 했다. 물기에 빗대어졌던 그것은 여기
서 물그림자에 담긴 물기가 되어버려서 곧장 구분이 없어
진다. '나'와 비에 젖은 풍경이 경계 없이 스며들고 대상을
분명하게 말하는 것이 무의미해지는 상황이 초래된다. 이
쯤이면 신용목 시의 문법상 이 끝 간 데 없는 물기의 확산
은 슬픔이고, 존재의 내부를 채우고 있던 감정이라는 것은
굳이 적지 않아도 될 것 같다. 경계 없는 슬픔은 이렇게 가
능해진다.

4. 나를 돌아보다

"슬픔은 풍경의 전부를 사용한다"는 문장을 오래도록 잊을 수 없을 것 같다. 이것은 슬픔에 빠져 있는 누군가의 감정적인 하소연이 아니다. 이것은 슬픔을 곧 자신의 육체로 삼은 자가 흐릿해진 시야 속에서 자신이 이 세계의 희미한 물얼룩이나 곪은 염증과 같다는 것을 고백하는 말이다. 그렇기에 이 말은 적혔다기보다는 터지고 번져나온 것이라고 하는 편이 옳겠다. 이 고백이 두려우나 낯설지만은 않은 것은 누구나의 마음속에 "거절된 고독"(「얼음은 깨지면서 녹는다」)이 있기 때문이다. 열망했던 것이 있었으나 그것에 닿을 수 없었고, 그 막연한 거리를 향해 돌을 던져버렸던 밤이 있었기 때문이다. 그 밤 이후로 언제든 자신이 터져 그것에게로 흘러갈까를 염려하며 내내 앓아왔기 때문이다.

그러고 보면 "누군가가 누군가를 부르면,//내가 돌아보았다"(「모래시계」)는 말에도 어떤 체념과 회한에 대한 고백이 묻어 있다. 누군가가 다른 누군가와 만나기 위해서 '부름'이라는 시도를 행했을 때, 그 행위에서 가장 손쉽게 떠올리게 되는 것은 누군가의 육성이다. 하지만 목소리를 쓰지 않는 부름 또한 생각해볼 만하지 않을까. 휘파람을 불거나, 새소리를 흉내 내거나, 종이비행기를 접어 날리거나. 때로는 (나의 목소리로) 부르지 않는 부름이 더 크고 세계 당신에게 자신을 전달하기도 한다. 이 시집에서 궁극적으로 나를 돌아보게 하는 그 부름은 유리창으로 던져진 '돌멩이'이다. 한밤중에 누군가의 창문을 향해 던지는 작은 돌은 얼마나 간곡한 부름이었을까. 이는 이름을 부르는 것처럼 직접적이지는 않지만, 어떤 구체적인 호명보다도 간절한 열망을 간직한 부름처럼 보인다. 하물며 이 부름은 흔적을 남긴다("그 방 유리창에는 돌멩이가 날아온 흔적이 있다.",「얼음은 깨지면서 녹는다」). 자기를 걸고 "누군가가 누군가를 부르면" 유리창에 금이 가거나 깨져버린다. 결국 '내가 돌아본다'는 핵심적인 사건은 그 부름의 특성으로 인해 가능해진다고 할 수 있다. 이렇게 다시 말해볼 수 있지 않을까. 신용목의 시에서 나는 무엇보다도 간곡한 부름을 본다, 그것은 누군가와 누군가를 가르는 창문을 깨뜨리며 날아간 돌멩이의 흔적이다.

그저 슬픔인 줄 알았으나 더할 수 없는 애정이고, 애정인 줄 알았으나 오래 묵은 증오이고, 증오인 줄 알았으나 이제와 보니 고독뿐인 감정의 형상에 관해서라면 신용목의 네번째 시집만큼 깊이 들여다볼 수 없을 것 같다. 이런 감정의 뒤섞임과 뒤척임을, 수습할 겨를도 없이 툭 터져나오는 것들을 그 자체로 포착해내려고 했기에 그의 시는 자주 중얼거리고 흐릿하고 흔들리고 결정적으로 뒤돌아본다. 이 시집 속에서처럼 살아 있는 자들은 누구든 저마다 인간이라는 숙명이 지닌 슬픔에 관해서 거듭 생각하고 느끼고 말한다. '인간으로서 살아가기'는 누구에게나 참을 수 없는 고독함을 동반하는 과업이기에 그것에 대해 생각하고 느끼는 것과 무관하게 말하기는 어렵다. 친족과 친구, 애정과 증오가 아니면 맺어질 이유가 없을 만한 관계 속에서 비로소 자기 존재를 보증받는 자로서의 인간은 이 시집 속의 '그'들을 부를 만한 또다른 이름이다. 애정과 증오라고 했거니와, 어떤 서로 다른 것들의 뒤섞임 속에서만 발휘되고 결정되는 감정은 그것이 무엇이든 한 인간을 고독하게 만든다. '나'는 결국 관계라는 치열한 교통으로부터 비자발적으로 밀려나고 가까워지기를 거듭하면서 표나는 상처 없이도 마구 헝클어지고 해져서 흩어지기 직전인 존재의 마지막 정박이기 때문이다. 다시 말해 서로 다른 것들을 서로 다른 것인 채로 받아들이긴 했으나, 그것을 제 안에서 어떻게 정돈해야 할지 모르는 상태에 대한 난처함이나 곤란함이 누군가를 누군가이게 한다. 그 누군가의 불가능한 자기증명에 대한 고투는 이토록 담담하게 '나'를 돌아보는 일로 그려지기도 한다. 이처럼 신용목의 시는 차마 경계 지을 수도 없는 인간이라는 보편의 사정을 한 철저한 개인의 반성을 통해 그려내는 것이 어떻게 가능할 수 있는가를 보여준다. 그렇게 새로운 또 한 세계가 우리 앞에 펼쳐진다.

金娜詠 | 문학평론가

슬픔? 그건 간직 못하지. 내 주머니보다 크거든. 나보다
크거든.

내 세계보다도 크거든.

그걸 간직하는 유일한 방법은 분노로 바꿔놓는 것.

나는 돌을 쥐고 있었다. 그리고 어느 순간, 힘껏 팔을 휘
둘렀다. *더는 아무것도 창조할 게 없어서 신은 사라져버렸
구나.*

돌을 던져서는 깰 수 없는 것이 있었네.
맞힐 수 없는 바람이 있었네.
뚜벅뚜벅 걸으며,

차라리 나는 돌이 되고 싶었다.

그래서 돌아보았다. 후회로 남는 때가 마침내 가장 반짝
이는 법이라고…… 사랑은 말하지 않았지만 나는 전부 들
었다.

2017년 8월
신용목

창비시선 411

누군가가 누군가를 부르면 내가 돌아보았다

초판 1쇄 발행 / 2017년 7월 27일
초판 6쇄 발행 / 2023년 4월 3일

지은이 / 신용목
펴낸이 / 강일우
책임편집 / 김선영
조판 / 황숙화 박아경
펴낸곳 / (주)창비
등록 / 1986년 8월 5일 제85호
주소 / 10881 경기도 파주시 회동길 184
전화 / 031-955-3333
팩시밀리 / 영업 031-955-3399 편집 031-955-3400
홈페이지 / www.changbi.com
전자우편 / lit@changbi.com

ⓒ 신용목 2017
ISBN 978-89-364-2411-4 03810

* 이 책은 2014년 한국문화예술위원회의 아르코문학창작기금을 받았습니다.
* 이 책 내용의 전부 또는 일부를 재사용하려면
  반드시 저작권자와 창비 양측의 동의를 받아야 합니다.
* 책값은 뒤표지에 표시되어 있습니다.